내 삶을 축복하신 하나님께 이 책을 바칩니다.

마이웨이

with

Jesus

목차

저자 김세용

공고 출신의 중소기업 최고경영자로서 경영하고 있는 (주)큐비에스를 하나님의 기업으로 성장시켜 나가고 있다. 청년 시절부터 교회를 다녔으나 성경도 안 읽어 보고 주일예배만 간헐적으로 출석하다가, 그나마도 삶이 바쁘고 힘들면 교회도 안 나가는 믿음 없는 생활을 했었다. 그러다가 사업의 위기를 만나 고난을 겪고 고생을 많이 했다. 그러나 고난 중에 택한 자를 포기하지 않으시는 하나님을 인격적으로 만났다. 부모님이 일찍 돌아가신 후, 누구의 도움도 받을 수 없었던 시기에 저자는 모든 것을 홀로 해결해야 했다. 끼니를 해결하기 어려웠고 엄동설한에 냉기 가득한 연탄불 없는 단칸방에서 잠을 자야 했다. 이 시절에도 하나님은 저자에게 찾아오셨지만, 저자는 하나님의 실체를 모르고 있었다. 사업과 삶에서 고난을 겪고 있을 때도, 누군가 "하나님을 의지하고 내려놓으세요."라는 말을 해 줬는데 그 말이 무슨 뜻인지 몰랐다. "내가 해결해야 할 일을 내려놓으라니요?"라는 강퍅한 마음만 가득했다. 사업의 고난을 겪는 중에 불현듯 성경을 읽고 싶은 마음이 간절해졌다. 성경을 읽으면서 펑펑 울었다. 성경에 쓰여 있는 말씀들이 모두 저자의 이야기 같았기 때문이다. 저자가 그동안 하나님을 제대로 모르고 살았지만, 성경을 읽으면서 하나님은 저자와 항상 함께 계셨다는 것을 깨닫게 됐다. 개인에 맞춰져 있던 믿음과 신앙도 기업으로 확장되는 은혜를 받았다. 그 뒤로, 저자의 경영관에 하나님의 말씀이 적용됐다. 돈을 버는 사업가가 아니라 하나님의 기업을 위임받아 경영하는 최고경영자로 변화되었다. 하나님이 세우신 기업을 일터요, 배움터요, 은혜의 터로 성장시켜야 한다는 사명을 갖게 됐다. (주)큐비에스에서 근무하는 직원들은 하나님이 보내 주신 사람들로 여겼다. 직원들을 섬기는 마음으로 사랑하고, 직원들의 마음과 영혼에 복음이 전해지길 바라면서 저자는 기업을 경영한다.

저자는 공고를 졸업하고, 51살에 대학을 입학하여 교육대학원 심리전공 석사학위를 취득했다. 중소기업 신지식인으로 선정되고, 산업자원부 장관으로부터 자랑스러운 중소기업인상을 수상했다. (주)큐비에스를 창업하여 29년 동안 경영하고 있다.

글을 열며

    누구나 길을 걷습니다. 자기만의 인생길입니다. 어떤 환경에서 태어났든 스스로 찾아가야 할 길입니다. 어떤 사람은 유난히 험난한 길을 가야 했고, 어떤 사람은 남달리 평탄한 길을 걷는 것 같이 보입니다. 저 역시 나의 길을 걸어가고 있습니다. 누구나 행복하게 살고 싶고 성공하길 바랍니다. 그러나 사람들의 바람과는 달리 삶은 그리 녹록하지 않습니다. 아침에 눈을 뜨는 것조차 두려운 하루를 맞아야 할 때도 있습니다. 세상에 함께 살아가는 사람 중 대다수의 삶이 어렵습니다. 최소한의 인간다운 삶을 살기 위해 필요한 경제적인 문제를 해결하는 일도 쉽지 않습니다. 이 모양 저 모양으로 연결된 사람 간의 관계도 갈등이 자주 생깁니다. 맡겨진 일과 해야 할 일이 너무나 고통스러울 때도 많습니다. 어깨에 짊어진 짐이 감당할 수 없을 만큼 무거워 그만 내려놓고 싶을 때도 있습니다. 그러나 우리는 인생의 고난 때문에 쓰러지는 것이 아니라 소망이 없어서 쓰러집니다. 할 수 있다는 믿음이 없어서 주저앉습니다. 그러나 내 마음의 먹구름이 걷히면 눈부신 햇살이 내 마음을 밝힌다는 사실을 나의 삶을 통해 온몸으로 체험했고 깨달았습니다.

나의 독립된 인생은 21세부터 시작됐습니다. 어머니마저 돌아가시고 동생과 단둘이만 덩그러니 남겨진 이후부터지요. 이 글을 쓰고 있는 순간까지 40년 넘은 세월이 흘렀습니다. 지난 세월이 꿈결같이 지나간 것 같습니다. 지난 세월 동안 경험하고 느끼고 깨달은 것들이 많았습니다. 시련도 많았고 너무 힘들었던 시간도 많았지만, 소망과 믿음으로 극복하니 회복되었고 기쁨이 되었습니다. 나의 인생 안에 많은 일이 있었지만, 이제는 아스라한 기억의 잔상들만이 남았습니다. 내가 살아온 그 세월 속에서 경험했던 이야기와 힘들었던 순간들을 견디며 살아온 이야기를 꺼내 보려고 합니다. 슬픔 속에서 아팠던 감정들과 고난 속에서 견뎌 내야만 했던 책임감과 순간순간 고통을 이겨 낸 기쁨들과 깨달음, 그리고 찾아온 평강, 하나님과 더불어 살아온 그 세월에 담긴 이야기들입니다.

세상 살아가는 인생에 어려움을 겪지 않는 사람이 어디 있을까요. 불안하고 두려웠던 순간이 없는 사람이 어디 있을까요. 저도 그랬습니다. 그렇지만 어려웠던 순간들을 만날 때 아팠고 고통스러웠지만 견뎌 냈습니다. 견뎌 내니 괜찮아졌습니다. 괜찮아지니 살 만하다는 생각이 들었습니다. 또 하루를 살아갈 힘도 생겼습니다. 살아갈 힘이 생기니 도전할 꿈이 생겼습니다. 그 누구도 초인적인 능력을 갖고 살아가는 것이 아닐 것입니다. 이 세상에 태어나면서부터 주어진 열악한 환경이 삶의 첫 출발지가 될 수도 있습니다. 금수저를 물고 태어나지 못한 자신을 비관할 것도 없고 포기해서도 안 됩니다. 대다수 사람은 그렇게 인생을 시작합니다. 지금 주어진 환경에 만족하며 살다가도 어느 날 선택한 결정이 잘못되어 예기치 않은 시련을 겪을 수도 있습니다. 하지만 우리는 '다시 시작' 버튼을 누를 수 있는 권리가 있습니다. 누구나 공평하게 '다시 시작' 버튼을 쥐고 있다는 사실을 잊지 말아야겠습니다. 어떤 상황에서도 다시 시작하면 회복됩니다. 망가졌던 마음과 생각이 치유되고 회복이 되면 새 삶이 펼쳐집니다.

오늘 하루를 열심히 살 수도 있고, 대충 살 수도 있습니다. 즐겁게 살 수도 있고, 우울하게 살 수도 있습니다. 화를 내며 살 수도 있고, 인내하며 살 수도 있습니다. 누군가를 사랑하며 살 수도 있고, 누군가를 미워하며 살아갈 수도 있습니다. 감사하며 살아갈 수도 있고, 불평하며 살아갈 수도 있습니다. 자신의 성장을 위해 부단히 노력하며 살 수도 있지만, 다른 사람과 비교하며 열등의식을 갖고 살 수도 있습니다. 모든 선택은 오롯이 각자의 자유의지에 달려 있습니다. 각자 선택한 의지와 행동에 따르는 결과도 본인의 몫입니다. 어느 쪽을 선택하여 살아가는 것이 옳은 것일까요?

행복하길 바라고 성공하길 바란다면 자기 성장을 위해 열심히 사는 쪽을 선택해야 하고, 즐거운 마음으로 주어진 삶을 살아야 합니다. 수시로 올라오는 화를 참지 못하거나 감사한 것을 찾기보다 내 마음에 안 든다고 불평하는 마음을 내려놓지 못하면 행복하지 못할 것입니다. 이 글을 읽으시는 분들은 어떤 선택이 옳은 선택인지 잘 아실 것이라고 생각합니다. 하지만, 우리는 불행과 실패를 향해 가는 길을 선택할 때가 많습니다. 옳은 선택을 할 수 있는 마음이 항상 준비되어야 할 이유입니다.

특별히 청년들을 생각하면 안타까운 마음이 듭니다. 한때는 '헬조선'이다 'n포 세대'다 하면서 의욕을 잃어버린 청년들입니다. 급변하고 있는 사회에서 좌절하고 주저앉기엔 꽃피우지 못한 잠재능력이 많은 세대입니다. 미지의 앞날에 이루고 싶은 꿈과 비전을 심고 용기 있게 도전할 시간이 많습니다. 미지의 미래는 알 수 없는 일들이 일어납니다. 상상할 수 없었던 일들이 삶 속에서 펼쳐질 수 있습니다. 용기를 잃지 말고 끈기 있게 성실히 살아간다면 누구에게나 좋은 일이 생깁니다.

이루고 싶은 꿈도 있고, 목표를 세우고 도전할 수 있는 청년들과 달리 노년이라고 희망이 없고 행복이 없는 걸까요. 청년들은 한 번도 가보지 못한 인생 다리를 건너가려는 초입에서 걱정과 두려움이 있을 것입니다. 노년들은 지나온 길 잘못된 선택과 행동으로 만들어진 불행한 현실을 한탄하며 후회스러운 과거를 회상하고 있을지도 모릅니다. 직장에서 퇴직하고 경제력도 상실하여 노후의 삶을 걱정하고 있을지도 모르겠습니다. 하지만 인생에서 중요한 것이 무엇일까요. 지나온 어제와 과거를 디딤돌 삼아 인생의 방향을 수정해 나가며 오늘을 잘 사는 것이 아닐까요. 조금 더 지혜로운 선택을 하고 조금 더 성숙한 행동을 하는 오늘 하루를 보낸다면 행복한 인생을 얼마든지 만들어 갈 것입니다. 지금까지는 실패한 인생이라는 생각을 하시는 분이라면 오늘 '다시 시작' 버튼을 누르고 지혜로운 마음의 선택을 하시기 바랍니다. 많은 것을 포기하는 청년들은 앞으로 많은 기회가 여러분들에게 주어진다는 믿음과 소망을 놓아 버리지 마시길 바랍니다. 나의 인생길에 동행해 주신 하나님은 내가 슬플 때도, 의욕이 없을 때도, 앞이 보이지 않을 때도, 그때마다 힘과 지혜를 주셔서 걷게 하시고 이루게 하셨습니다. 아무리 삶이 슬프고 고통스러워도 성경에 기록된 하나님의 지혜를 배워서 현명한 선택을 하고 하루 삶에 최선을 다하면 놀라운 일들이 벌어질 것입니다.

인생은 복잡해 보입니다. 자신이 생각하는 대로 이루어지는 것도 아닙니다. 그래서 많은 사람이 인생을 힘들어합니다. 그런데 과연 인생은 그렇게 고난만 있는 걸까요? 그저 운명이려니 생각하고 바람결에 떠밀리듯이 사는 것이 인생일까요? 그러기엔 우리 삶이 너무나 소중하다는 생각이 듭니다. 사실 인생은 단순합니다. 이 사실을 깨닫는 데 긴 시간이 흘렀습니다. 실타래가 엉켜 있으면 복잡해 보입니다. 그러나 생각해보면 실타래는 결국 한 가닥의 긴 실을 엮어 놓은 것이 아닌가요?

삶을 살아가는 진리는 복잡하지도 어렵지도 않습니다. 하나님의 지혜와 진리는 성경에 명확하게 기록되어 있습니다. 하나님이 기록하신 진리의 말씀을 따라서 살면 엉켰던 실타래가 풀리게 됩니다. 우리는 세상에 속지 말아야 합니다. 많은 사람이 살면서 크고 작은 시련을 겪습니다. 고난이 없는 삶이 성공한 삶이 아니라 고난을 극복한 삶이 성공한 삶입니다. 문제는 고난을 어떻게 극복할 것인가를 생각해 봐야 합니다. 오기나 용기만 가지고는 부족합니다. 고난을 만나 망가진 상황을 회복시킬 수 있는 지혜와 진리가 있다고 믿어야 합니다. 거짓을 말하지 않고 정직을 말하는 삶, 나태하게 시간을 보내지 않고 성실하게 살아가는 삶, 남 탓하지 않고 내 탓을 먼저 하고 성찰하는 삶, 이기적인 생각보다 이타적인 생각과 행동을 하는 삶. 진리는 멀리 있지 않습니다. 바람보다 햇볕이 옷을 벗게 한다는 진리가 어려울 리 없습니다. 진리는 언제나 결국은 승리한다는 믿음을 갖는다면 진리 안에서 시련이나 고난을 잘 견디고 인내할 수 있습니다.

미래가 불안하십니까? 오늘 행동하면 됩니다. 옳은 길을 탐구하고 방향과 속도를 가늠하면서 뚜벅뚜벅 걸어가면 됩니다. 가는 길에 만나는 난관을 어떻게 극복해야 하는지는 전적으로 여러분에게 달려 있습니다. 무엇이 옳고 선한 삶인지 알려 주는 진리의 길을 선택하는 당신이 되면 좋겠습니다. 행동하지 않는 이성과 감성은 발아되지 않은 씨앗과 같습니다. 여러분의 삶 속에서 아름답고 향기로운 꽃을 활짝 피우고 싶다면 행동하셔야 합니다. 지금, 머무는 그 자리에서. 참된 하나님의 진리 안에서.

코로나19 시대, 여름 중턱에서

김세용

Chapter 1

삶을 열다

아버지의 죽음

　너무 일찍 떠나셨다. 고등학교 1학년 6월 여름에 갑작스레 아버지가 돌아가셨단 소식을 학교에서 전해 들었다. 아무 생각이 안 났다. 그저 먹먹한 기분이었다. 돌아가시기 전에 입원하셨던 서울대학교 정신병원으로 아무 생각도 없이 버스를 타고 갔다. 학교가 있는 신당동에서 병원 영안실이 있는 종로 연건동까지 가는 길에 아무것도 보이지 않았다. 칙칙한 잿빛 무거움이 가슴을 눌렀고, 머릿속은 텅 빈 것 같은 상태로 도착했다. 갑작스러운 정신이상 증세로 입원하시던 날, 들어가지 않으시려는 완강한 몸부림에 병원 관계자들에 의해 이끌려 들어가시면서 고개를 돌려 나를 보시던 아버지의 눈빛은 슬펐다. 애처로운 눈빛이었다. 부모와 떨어지기 정말 싫은 어린아이의 눈빛이었다. 그 눈빛이 생각나서 나의 마음은 더 무거워졌다.

　장례 3일을 지내고 벽제화장터로 향했다. 이제 아버지를 영원히 볼 수 없게 되었다. 아버지의 하얀 뼈만 몇 개 남았다. 그 뼈마저 작은 절구통에 넣어 빻아 가루가 되었다. 한 줌 하얀 가루가 되어 한 조각 하얀 종이에 담겨 내 품에 안겼다. 살아계실 때는 따뜻한 아버지가 아니었는데 한 줌으로 남은 아버지를 담은 하얀 봉지는 따뜻했다. 눈물이 왈칵 쏟아졌다. 친척들이 안내해 주는 대로 벽제화장터 뒷산으로 갔다. 흐르는 눈물 때문에 앞이 흐려 안개가 낀 것 같은 숲속 어딘가였다. 여기쯤이 좋겠다는 친척들의 말에 멈춰선 곳에서 무릎을 꿇고 여전히 따뜻했던 하얀 종이를 풀고 뼛가루를 뿌렸다. 그렇게 아버지는 내 곁을 영영 떠나가셨다.

부모님과 동생, 그리고 나, 네 식구가 살았던 단칸방에 아버지의 자리는 이제 없었다. 술에 취하시면 온 가족을 두려움에 떨게 했던 아버지였다. 아버지가 없으면 좋겠다는 생각도 했던 그 아버지를 더는 볼 수가 없다. 부모는 그런 존재인가 보다. 계실 땐 모르다가 영영 떠나가시면 후회스럽고 잘못한 일만 생각나고 고마웠던 일들이 생각나는 분들인가 보다.

영영 볼 수 없는 곳으로 떠나가신 아버지를 생각하니 좋았던 일들이 기억났다. 초등학교 시절 어느 겨울에 동대문 운동장 1층에 있던 운동기구 판매점에 나를 데리고 가셨다. 갖고 싶었던 스케이트를 사 주셨다. 버스로 몇 정거장 가는 거리는 걸어 다니던 때라 장충단 공원에 걸어갔다. 스케이트장은 아니었지만, 공원 수표교 밑에 얼어 있던 개울 위에서 방금 산 스케이트를 타 보고 싶었던 것이다. 정말 좋았다.

초등학교 시절에 태권도복에 검은 허리띠를 맸었다. 아버지가 약수동 시장에 있던 태권도장으로 나를 데려가 주셔서 즐겁게 배운 결과였다. 태권도장을 찾아가실 때 아버지는 시장에서 지푸라기로 엮어 만든 달걀 한 꾸러미를 사서 사범님에게 우리 아들 잘 부탁한다고 하시면서 드렸다. 나의 아버지는 그랬다. 추운 겨울이면 거의 매일 술에 취해 귀가하시던 아버지를 마중 나가곤 했다. 옥수동 달동네에 살던 시절이라 취해서 언덕을 올라오실 아버지가 걱정되셨던 어머니가 시키셨다. 약수동을 지나 옥수동 마루턱을 오르시는 아버지를 기다리던 시간은 지루하고 추웠다. 전화가 없었을 때니 대충 어림잡아 오실 시간을 예상하고 나가곤 했다. 마루턱을 올라오는 길과 경사진 언덕 곳곳에는 연탄재들이 바닥에 으깨져 있었다. 촉수 낮은 백열등 가로등이 드문드문 있었던 캄캄한 밤중에 하얀빛을 띠었다. 고개를 올라오는 길에 빙판이 많아 근처에 사는 사람들이 집에서 가져와 내던진 것들이다. 내 집 앞은 아니어도 행인들이 미끄러져 다치지 않길 바라는 마음이 담긴 고마운 연탄재였다.

중학교 2학년 때 생각이 난다. 그때도 겨울이었다. 1970년대 어려웠던 시절 겨울은 몹시도 추웠다. 겨울옷도 변변한 것들이 없을 때였으니 체감 냉기는 더 심했다. 새벽에 일을 나가시던 아버지는 겨울방학 때 나를 일터로 데려가셨다. 일터에 도착하면 일하시는 아저씨들과 인사하고 잉크와 퀴퀴한 종이 냄새가 나는 작업복으로 갈아입었다. 그리고 짐을 싣는 커다란 짐 자전거를 끌고 아버지를 따라갔다. 아직 어둠이 남아 있는 을지로 어느 인쇄소에 도착하면 강한 잉크 냄새가 진동했다. 밤새 인쇄된 인쇄물들을 잘라낸 파지 더미를 마대 자루에 꾹꾹 힘을 주어 발로 눌러 담았다. 노란 갱지도 있고 하얀 모조

지도 있었다. 마대에 파지를 담는 내내 종이에서 나는 냄새와 잉크 냄새 등이 섞여 코끝을 자극했다. 47년의 세월이 지난 지금도 그 냄새를 또렷이 기억한다. 마치 그때 그 현장에 있는 것처럼 냄새가 생생하다. 그 냄새가 그리워진다. 그리고 아버지가 생각난다. 한국전쟁 후 1·4후퇴 때 평양에서 남한으로 홀로 피난 내려오셨다는 아버지. 가족도 없이 외로운 삶을 사셨으니 술을 가까이하셨고, 생활고를 겪으며 그 어려웠던 시대를 살아야 했던 아버지를 내가 중년이 되어서야 이해했다. 그 아버지는 철없던 중학교 2학년 어린 아들에게 칼바람이 불던 한겨울 새벽녘에 생존이 녹록하지 않음을 깨닫게 하는 체험적 유산을 남기시고 52세 길지 않은 인생을 마감하셨다. 아버지는 그렇게 쓸쓸히 떠나셨다.

청소년 시절

노래 부르는 것이 좋았다. 슬픈 노래를 부르면 가슴이 저며 오는 슬픔이 느껴져서 눈물이 흐르며 위로가 돼서 좋았고, 즐거운 노래를 부르면 노래를 듣는 친구들의 표정이 즐거워 보여 나도 즐거워졌다. 지금은 이해 못 할 일이지만 고등학교 수업 시간이 예정에 없이 오락 시간으로 바뀔 때가 있었다. 그럴 때면 거의 어김없이 앞에 불려 나가 교탁 앞에서 노래를 불렀다. 송창식의 「고래 사냥」을 불렀고, 조용필의 「돌아와요 부산항에」를 불렀다. 레퍼토리는 많았다. 학교 수업을 마치고 집에 돌아와서도 마당 넓은 친구 집에 모여 동네 친구들과 가끔 노래를 함께 불렀다. 한여름 배짱이 같이.

내가 노래하는 재능이 좀 있다는 것을 알게 된 것은 초등학교 4학년 때다. 음악 시간이었다. 반 친구들 앞에 나가 「고향의 봄」을 불렀다. 풍금으로 반주하시며 노래를 들으시던 이강찬 담임선생님이 활짝 웃으시며 "세용이는 노래를 참 잘하는구나." 하셨다. 처음 들어 본 칭찬이었다. 내성적인 성격 탓도 있었고 우울했던 가정환경에서 기를 펴지 못하고 자란 탓도 있어 자존감이 낮았던 나에게는 엄청난 칭찬이었다. 나도 잘하는 것이 있다는 사실을 알게 된 나의 마음은 뛸 듯이 기뻤다. 그날 이후로 학교 가는 것이 즐거워졌다. 중학교 시절에는 운동을 좋아했다. 야구를 곧잘 했다. 동네 야구였지만 투수도 하고 4번 타자도 놓치지 않았다. 지금 생각해 봐도 이상한 일이다. 초등학교 시절에 큼지막한 사각형 건전지를 부착한 트랜지스터라디오를 통해 듣던 노래 몇 곡은 지금 들어도 감격스러운 몸의 반응을 느낀다. 서수남, 하청일 씨가 부른 「싱글벙글」이나 김상희 씨가 부른 「대머리 총각」이나 「코스모스 피어 있는 길」이 그런 노래들이다. 흥겹고도 정겨운 노래들이다.

놀라운 일을 간혹 겪는다. 「대머리 총각」을 불렀던 김상희 씨를 15년 전에 라디오 방송국에서 만났다. 김상희 씨는 KBS라디오 방송 DJ로, 나는 초대된 기업인으로 출연해서 방송 인터뷰를 했다. 초등학생 시절, 흥얼거리며 좋아했던 노래를 부른 가수를 30여 년이 지나서 방송국에 초대된 사람으로 만나다니. 생방송이었던 라디오 프로그램에서 나를 인터뷰한 김상희 씨는 방송을 마치고 나보고 사업을 잘할 것 같다고 덕담도 건넸다. 진솔한 사람 같아 보인다고. 어릴 때 좋아하던 노래를 부른 가수가 세월이 흘러 중년이 된 나와 2평 남짓한 좁은 스튜디오 안에 단둘이서 대화도 하고 칭찬까지 해 주니 얼마나 놀라운 경험인가.

지금은 많이 변했지만 어릴 적 살던 서울 옥수동은 달동네라고 불렸다. 우리 집이 있었던 곳은 작은 마당에 일곱 가구가 있었고 수십 명이 살았다. 수돗물을 쓸 수 있는 곳은 우리 집 부엌문 앞마당 한 곳뿐이었다. 하나뿐인 재래식 화장실을 일곱 가구가 공동으로 사용하였으니 아침 출근과 등교 시간에는 한바탕 난리를 치렀었다. 그곳에서 초등학교 시절부터 어머니가 돌아가실 때까지 살았다. 그곳은 수돗물이 자주 끊겼다. 물이 떨어지면 수백 미터 떨어진 아랫마을 약수동 공동 수돗가에 가서 물지게로 물을 길어 와야 했다. 어린 나이에 물지게를 지고 언덕을 올라가는 일은 쉽지 않았다. 아무리 조심하고 요령껏 지고 올라와도 물 양동이에 가득 받았던 물의 3분의 1가량은 길에 흘리고 올 때가 허다했다. 겨울에는 흘린 물이 빙판이 되어 지게로 물을 나르는 일이 더 힘들었다. 가끔은 전깃불도 정전이 되어 양초 불 하나로 지낼 때도 종종 있었다. 100W 백열등은 전기세 많이 나간다고 60W 백열전등을 방에 하나, 부엌에 하나 켜고 살았으니 늘 침침했을 것인데 다들 그렇게 살 때였다. 전깃불이 나가서 양초 불로 밝힌 방의 분위기를 나는 좋아했다. 지금도 양초 불이 만들어 주는 따뜻한 분위기를 좋아한다. 그런데 요즘은 양초를 쓸 일이 별로 없다. 그 시절 하얀 양초 불 아래 따듯한 아랫목에 동생과 둘이 앉아 놀던 때가 그립다.

우울했던 시절로만 생각해 온 어린 시절을 기억하니 꽤 아름다운 추억이 많다. 왜 지나간 추억은 아름다울까. 지난날에 행복했던 순간들이 많았다는 사실을 잊고 살았다. 너무나 오랫동안. 그렇게 생각하니 오늘 겪는 고생도 훗날 추억하면 아름다운 날들로 기억할 수 있을 것 같다. 아니, 이제 깨달았으니 지금 나에게 주어진 모든 상황을 기쁘게 받아들여야겠다는 생각이 든다. 인생은 고난이지만 인내하고 살아가면 아름다운 여정이 된다.

보고 싶은 엄마

아버지의 부재는 우리 가정 생계에 어려움을 가져왔다. 먹다 남은 밥풀을 쑤어 만드는 종이봉투 부업을 집에서 간간이 하시던 것 말고는 집안일만 하시던 엄마는 남의 집 가사 일을 도와주러 다니셨다. 나는 고등학교 과정을 2년 더 공부해야 3학년 2학기부터 취업을 나갈수 있었고 내 동생은 초등학교 6학년이었기에 엄마는 일해야 했다.

장학금을 한 번 받았는데, 그렇게 좋아하셨다. 이웃분들에게 알리셨는지 칭찬을 많이 받았다. 장학금을 받아 기쁨을 드린 것 외에는 나는 효자가 아니었다. 따뜻한 말 한마디 안 했다. 내 말투는 늘 퉁명스러웠다. 엄마가 나에게 그렇게 대한 적은 없었다. 큰 소리도 안 내는 분이셨다. 잔소리도 안 하시던 분이셨다. 주변 이웃들에게 참 선한 분이셨다. 엄마에게 나는 못된 아들이었다. 이 글을 쓰면서도 마음이 아프다. 너무나 죄송하다. 그러나 돌이킬 방법이 없다.

우리 엄마는 일찍, 아주 일찍 부모님을 여의셨다. 그래서 외조부모님 얼굴을 모르고 사진도 없고, 기억도 없다. 일찍 돌아가셨다는 말만 들었지 외조부모님에 대해서 들은 바가 없다. 우리 엄마는 외삼촌댁에서 자랐다고 한다. 그런 엄마는 45살에 돌아가셨다. 그렇게 짧은

생을 사셨다. 병을 얻어 고통스러운 시간을 보내시다가 너무 일찍 세상을 떠나셨다. 엄마의 마지막 생명이 있던 장소는 용산에 있던 기도원이었다. 그곳에 계시는 3일 동안 삶의 마지막 소망을 간절하게 붙잡으셨다. 돌아가신 후 5년 뒤에 불현듯이 교회가 가고 싶어졌는데 그 교회에서 얼마나 눈물을 흘렸는지 모른다. 뜨거운 눈물의 위로를 받고 교회를 다녔다. 기도원에서 생을 마감하신 엄마의 간절한 기도 덕분이었을까. 엄마가 그립고 보고 싶다. 아주 많이.

나의 직장 생활

얼마 전에 고등학교 동창과 안부 인사를 반갑게 주고받았다. 40년 만이었다. "어느새 40년이 지났구나." 하는 말이 동시에 터져 나왔다. 아주 짧은 인사를 나눴지만, 여운은 마음에 오래 남았다. 서로의 이름을 고등학교 시절 불렀던 것처럼 나이 60이 넘어서 들으니 감회가 컸다. 나의 기억은 순식간에 고등학교 다니던 시절을 떠올리게 했다. 서울 신당동에 자리한 공업고등학교였다. 정문에 들어서면 큼지막한 철탑에 게시된 '기술보국(機術報國)'이라는 글이 보이고 학교 건물 입구에는 '하면 된다.'라는 글이 적혀 있었다. 3년 내내 보고 다녔던 문구다.

40여 년 세월이 지난 지금 나는 기술력을 바탕으로 한 중소제조기업을 경영하고 있다. 29년 전에 직원도 없이 창업해서 100명가량의 직원이 일하는 회사가 되었다. '기술보국'과 '하면 된다'를 3년 동안 보고 다닌 것과 결부 지어보니 참 아이러니하다는 생각을 하게 된다. 이 문구들을 보면서 진지하게 고민하고 마음에 꿈을 심었던 것도 아니었는데 말이다.

대학 입학은 애초부터 계획에 없었다. 기술 배워서 돈을 벌어야 한다는 생각밖에는 할 수가 없었다. 집안 살림이 어려웠기 때문이었다.

공업고등학교 입학시험에 합격한 날 부모님은 많이 기뻐하셨다. 입학 후 3개월이 지난 초여름에 아버지가 돌아가셨다. 두 형제 중에 장남인 나는 본능적으로 책임감 같은 무거움을 짊어지고 있었다.

졸업하고 난 후에 자동차 정비사업소에 취직했다. 자동차 정비를 배웠기 때문에 자연스럽게 연결된 직장이었다. 주로 대형버스 엔진을 수리하는 부서에서 보조 업무로 기술을 배웠다. 중학생 시절에 아버지 따라가서 일했던 인쇄소에서 풍기는 잉크 냄새와는 다른 기름 냄새가 짙게 배어 있는 엔진 수리 현장에서 일하는 것은 쉽지 않았다. 오염된 엔진오일이 묻어있는 부품들을 취급하다 보면 손톱 밑에 검은 기름때가 지워지질 않았다. 기름때를 지우려고 경유 찌꺼기로 손과 팔을 닦아내고 난 후에 비누로 아무리 닦아도 손톱 밑은 해결이 안 되었다. 20살 청년의 손톱 밑에 낀 검은 기름때는 출퇴근 버스 안 손잡이를 손톱이 안 보이도록 움켜잡게 했다. 창피했다. 게다가 경유 찌꺼기로 손과 팔을 매일 닦다 보니 기름 독이 올라서 피부에 발진이 생기고 가렵기도 했다. 결국, 나는 그 일을 몇 개월 하지 못하고 그만두게 되었다.

그 뒤에 견습공으로 취직한 직장은 자동차 정비와 관계가 없는 알루미늄 섀시(Chassis)와 알루미늄 야구 배트를 생산하는 회사였다. 금형을 만드는 부서에서 견습공으로 일하고 있던 때에 안전사고를 당했다. 금형 열처리를 하기 위해 질화 액체에 금형을 담그는 작업을 하다가 들고 있던 금형을 놓치는 바람에 뜨거운 질화 액체가 눈에 튀어 들어가 급히 병원에 가서 치료를 받게 된 일이다. 눈에 손상이 있었지만 얼마간 치료를 잘 받고 다시 출근할 수 있게 되었다. 금형을 만드는 또 다른 부서로 발령받아 주-야 교대로 일을 하게 됐다. 한 주는 주간에 일하고 한 주는 야간에 일하는 식이었다. 윗선에서 성실하게 보셨는지 회사에서 인정받아 정직원으로 일하게 되었다. 하지만 그 일도 고된 일이었다. 섀시를 만들기 위한 금형 틀의 모양을 만들 때는 방전 전극을 사용하는데, 재료가 흑연이었다. 수입해 온 흑연 판재를 설계된 모양대로 만드는 작업은 흑연 가루를 피할 수 없었고 내 콧속은 언제나 흑연 가루로 새까맸다. 그렇게 일하는 동안에도 회사 동아리 야구팀에 가입해서 형님뻘 되는 직원분들과 야구도 즐기면서 열심히 일했지만, 주야가 바뀌는 일이 힘들기도 하고 적성에 맞지 않아 고민하고 있던 시기에 다른 직장으로 옮길 기회가 생겼다.

바로 마네킹을 만드는 회사였다. 일본에서 들여온 마네킹의 본을 떠서 몸통을 만들고, 색을 입히는 분들이 얼굴에 화장도 시키고 손발톱에 매니큐어도 발라 마네킹을 만들었다. 그리고 그렇게 만들어진 완성품을 주로 백화점 의류 코너나 양장점에 임대했다. 출퇴근하기에는 직장이 멀어 짐을 싸서 기숙사로 들어가게 됐다. 나는 금형 본을 뜨는 일을 배웠고 부서장님에게 일을 빨리 잘 배운다고 칭찬도 들었다. 그러다 생각지도 못한 상황에 몰려 구타를 당한 일이 있었다. 기숙사에 함께 숙식하며 일했던 8살 많은 직원은 자기 빨래를 안 해 준다고 다짜고짜 손찌검에 발길질까지 해댔다. 키가 180cm가 넘고 나이 많은 사람이 마구 휘두르는 폭력을 피할 수가 없었다. 자기는 기숙사 선배들의 빨래를 대신 해 줬는데 나는 빨래를 해 주지 않았다는 것이 구타의 이유였다. 그렇게 해야 한다는 것도 몰랐던 나는 퉁퉁 부은 얼굴과 온몸에 타박상을 입고도 억울한 마음을 누르고 일했다. 요즘 같으면 어떤 조치를 했어도 했었겠지만 그때 회사 사람들은 이해 못 할 폭력을 보고도 남의 일 보듯 했다. 기술을 배우기 위해 작업 도구로 맞기도 하는 것이 당연한 것처럼 여겼던 시절이었으니까. 결국, 나는 구타했던 사람과 더는 함께 있을 수가 없어서 회사를 그만두게 되었다.

그리고 나서 어머니의 청탁으로 초등학교 다니던 시절에 옆집에 사시던 분이 경영하시던 회사에 나가게 되었다. 국내 자동차 회사에 부품을 공급하던 협력 회사였다. 그 직장에서 영업 관리와 생산 관리를 배우면서 일했다. 입사 후 6개월이 지난 때 어머니가 돌아가셨다. 장례를 정신없이 치르고 난 후, 어머니마저 곁에 없다는 외로움이 한동안 나를 힘들게 했다. 퇴근 후 아무도 반겨 줄 사람이 없는 한 평짜리 방에 귀가하는 발걸음은 천근만근 무거웠다. 방안에 들어서면 차가운 냉기가 온몸을 감쌌다. 방문을 닫고 들어선 방에는 적막이 흘렀다. 혼자라는 걸 실감하는 순간 서러운 감정이 가슴을 파고들어 와 소리를 삼키며 울곤 했다. 버거운 나날들을 버티던 중 결혼하게 되었다. 아내와의 만남은 나의 인생에 가장 큰 축복이었다. 부모님도 안 계시고, 재산도 없고, 학력도 변변찮고, 월세방에 살고, 월급도 적은 청년을 믿고 결혼을 결심한 아내가 지금도 고맙다.

28세 무렵에는 사업을 같이해 보자는 제의가 들어왔다. 사업에 관한 생각조차 해 보지 않았을 때였는데 귀가 솔깃했다. 퇴직한 후 결국 석 달이 지나지 않아 취직을 다시 해야 했다. 어린 나이에 어설피 준비한 사업이었다는 것을 깨닫기까지는 그리 오래 걸리지 않았다. 그러나 나에게 소중한 자산이 된 값진 경험이었다.

새 직장은 사장님과 여직원 그리고 나까지 총 세 명뿐인 작은 무역 회사였다. 제조 회사에서만 근무하다가 작업복도 안 입고 와이셔츠에 넥타이를 매고 일하는 곳이었다. 미국 회사의 에이전트로 국내 제조 회사의 수출품을 선적하기 전에 검사하여 출하시키는 업무를 담당했는데 재미있었다. 영어도 배워야 했다. 다녔던 공업고등학교에서는 영어 과목이 없었고 달랑 중학교 시절에 배운 영어 지식밖에 없었으니 영어 실력은 왕초보였다. 일하는 틈틈이 영어 공부를 했다. 미국 본사에서 보내오는 업무 편지들을 영어사전을 찾아 가며 해석해 보려고 애쓰는 정도였지만 배우는 재미에 열심히 일했다. 하지만, 무언가 마음이 허전했다. 제조 회사에 비해 시간적 여유가 많았던 무역 회사 생활은 나의 앞날을 걱정하게 했다. 그래서 다시 제조 회사를 찾았다.

직장 생활의 마지막 회사를 30살에 들어가게 되었다. 정말 고생이 많았던 시간이었다. 4년이라는 재직 기간 내내 새벽에 출근하고 밤 12시 넘어서 퇴근하는 날이 이루 헤아릴 수 없을 정도로 많았다. 서너 살 된 아들이 잠자는 시간에 들어오고 일어날 시간에 나가느라 아들과 놀아 줄 시간이 없었다. 서너 살이면 아들이 얼마나 예쁠 때인

가. 늦게 퇴근해서 잠자는 아들을 깨우기 일쑤였다. 잠자다 깨서 우는 모습도 사랑스러웠으니까.

고된 직장 생활이었지만 정말 고마운 곳이었다. 월세 단칸방을 면치 못하던 나의 가정 형편을 안쓰럽게 생각하셨는지 사장님이 집을 사 주셨다. 입사한 지 2년 차 직원에게 중소기업으로선 전무후무한 혜택을 베푸신 거다. 햇볕이 잘 안 드는 반지하 방에 세 들어 살던 우리 세 식구에게 방 세 개에 주방도 있고 단독 화장실도 있는 상상도 못 했던 새집이 생겼다. 비록 11평짜리 빌라 주택이었지만 내 평생에 처음 단칸방 생활을 벗어난 그 감격스러운 기쁨은 지금도 생생하다. 부엌은 주인집과 같이 사용해야 했고 화장실은 공동화장실을 이용해야 했던 우리 부부에게 11평 빌라 주택은 저택만큼이나 크고 좋았다. 5살이 된 아들도 좋은지 이 방 저 방을 놀이공원에 놀러 온 것처럼 뛰어다니며 즐거워했다.

부족했지만 내 힘 다해 일했던 그 직장의 경험은 나의 창업에 아주 큰 도움이 되었다. '고난이 유익'이 된다는 성경 구절이 있다.

"우리가 환난 중에도 즐거워하나니 이는 환난은 인내를 인내는 연단을 연단은 소망을 이루는 줄 앎이로다(롬 5:3-4)."

지나고 나서 생각하니 인생의 진리다.

하나님의 선물, 내 아내

아내에게 고맙다. 아내는 나에게 평강 천사다. 평강공주는 천민이었던 온달에게 시집가서 온달을 고구려의 장수가 되도록 내조한 여인이다. 남편을 성공시킨 내조의 여왕이 평강공주라면, 아내 또한 나의 사업을 헌신적으로 도와 번듯한 중소기업 사장이 되게 했으니 평강공주와 다를 것 없다. 아내를 평강공주가 아닌 평강 천사라는 애칭으로 부르고 싶은 이유는 다른 데 있다. 아내는 내 마음의 평강을 찾아 주러 온 천사다. 부모님 없이 혼자 사는 청년의 외로움을 달래 준 천사다. 단칸 월세방에 살았던 가진 것 없는 청년의 빈곤한 마음을 부자로 만들어 준 천사다. 배움이 짧아 지식이 부족했던 청년에게 지식 대신 지혜를 채워 준 천사다. 결혼 후에 든든한 아들을 안겨 줘서 대를 있게 해 준 천사다. 사업이 잘될 때 교만했던 나를 주저앉혀 겸손을 배우게 한 천사다. 하나님의 인도함을 받았지만, 세상의 즐거움이 좋아 하나님을 멀리했던 나를 하나님께 다시 인도해 준 천사다.

세상일을 하면서 마음이 날카로워졌다. 뭐든 잘해야 한다는 강박증에 스트레스 지수가 높아져서 B형 간염까지 발병했다. 일이 전부였고 일의 성과로 나의 존재를 알리고 싶었다. 이렇게 살아온 내 마음은 가

뭄의 논바닥이었다. 이런 나에게 아내는 평강을 찾아 줬다. 내 강퍅한 마음과 아집에도 묵묵히 나를 내조해 온 아내는 하나님이 내게 보내 주신 천사라는 걸 뒤늦게 알았다. 척박한 인생 안에서 평강한 마음으로 아내와 살게 하신 하나님께 감사한다.

"집과 재물은 아버지에게 상속받지만 현명한 아내는 하나님께 받는다(잠 19:14)."

무에서 시작한 결혼 생활

많지 않은 월급으로 직장 생활을 하며 돈을 모으기는 정말 어려웠다. 아내가 알뜰하게 살림을 했었는데도 한 달 월급으로 한 달을 살아내기는 매달 빠듯했다. 결혼 생활을 빚으로 시작했기 때문이기도 하다. 빚을 진 이유는 내 통장에 결혼 비용이 한 푼도 없었기 때문이었다. 전 재산이었던 15만 원을 월세 보증금으로 내고 매달 2~3만 원 월세를 내던 20대 초반 청년 시절에 받던 월급이 10만 원 정도였으니 먹을 쌀과 난방에 필요한 연탄을 사기에도 벅찼다. 그런 궁핍한 청년 시절을 보내던 때에 아내를 만나 결혼하려고 하니 빚을 질 수밖에 없었다. 그 당시 은행에 상호부금이라는 금융 상품이 있었는데 3개월만 매달 일정액을 적립하고 보증인 2명을 세우면 300만 원 한도로 대출을 받을 수 있었다.

회사의 전무님과 지인 한 분이 고맙게도 보증을 서 주셔서 300만 원을 대출받아 결혼식을 했다. 아내만 알고 처가에서는 모르는 일이었다. 부모님이 걱정하시니까 대출받아 결혼 준비한다는 말씀을 드리지 말자는 아내의 배려였다. 아들을 임신하기 전에는 맞벌이를 했지만 월세방은 면하지 못했다. 아내의 건의로 처가에는 마련한 집이 월세가 아니라 전세라고 말씀드렸다. 거짓이 드러날까 봐 주인집에는 늘 부탁을 드렸다. 어른들께 걱정 끼치지 않도록 한 선의의 거짓이었지만 늘 조마조마했다. 우리 부부의 결혼 생활은 그렇게 이어졌다. 열심히 일하고 성실하게 살다 보니 회사에서 집도 사 주셨다. 평생 처음으로 살아 본 내 집 11평 빌라는 꿈같은 곳이었다. 세상은 작은 기적이 일어나는 곳이기도 하다. 생각지도 못한 행운이 현실로 다가올 때가 있다. 열심히, 그리고 성실하게 살아 볼 일이다.

일 중독

　일이 언제나 우선이었다. 일을 해야 먹고사는 일이 해결됐고 일을 해야 나와 가족의 삶을 책임질 수 있었다. 일을 하다 보니 책임질 일들이 생겼다. 나에게 맡겨진 일들을 잘 해내야 했다. 언제나 일을 잘하고 싶었다. 일을 잘해서 인정받고 싶었다. 일에 몰두하는 만큼 가족에게는 소홀했다. 그러나 그것이 잘못이라는 생각을 못 했다. 내가 할 것은 오직 일뿐이라는 생각만 했다. 일이 나의 책임이고 일이 가장의 역할이라고 여기며 살았다. 때로는 오히려 아내에게 서운했다. 내가 이렇게 열심히 가족을 위해 일하는데 알아주지 않는 것 같은 느낌을 받을 때가 있었기 때문이다. 가족에게도 인정받고 싶었던 거다.

　어느 날 나의 잘못된 생각을 깨달았다. 가족을 사랑하는 것이 나에게 얼마나 중요한 일인지, 주변 사람들을 살피는 것이 얼마나 의미 있는 일인지 알게 됐다. 서로 사랑하고, 일상의 행복을 찾는 일을 소홀히 하면 불행한 삶을 자초하는 것이라는 깨달음을 얻었다. 깨달았지만, 가족을 어떻게 대해야 하는지 여전히 서툴다. 사랑하고 싶지만 어떻게 해야 하는지 익숙하지 않다. 그래서 자꾸 실수한다. 노력하지만 가끔은 아내의 기분을 상하게 하고 아들의 기를 죽인다. 그러나 나의 노력은 계속될 것이다. 사랑하면 함께 기쁘고 행복하니까.

나에게 일은 여전히 중요하다. 일을 통해 내 삶의 의미를 찾을 수도 있고, 일을 통해 가치 있는 역할을 담당할 수도 있다. 일의 결과로 얻게 되는 재물과 인정의 보상은 덤이다. 그러나 일하는 사람으로 살아가기보다는, 사람답게 살아가는 사람이 되어야 한다고 다짐하게 된다.

그 사람다움이 어떻게 완성되어야 하는지 하나님께 묻기 위해 나는 오늘도 기도한다.

Chapter 2

삶을 경영하다

창업을 하다

내가 사장이 되리라곤 한 번도 생각해 본 적이 없었다. 불과 석 달 생각하고 창업을 결심했다. 지금 생각해 보면 너무나 경솔한 결정이었고 준비가 소홀했던 창업이었다.

직장 생활을 잘하고 있던 어느 날, 직장의 사장님과 불편한 감정이 생기기 시작했다. 당연히 일에 대한 의욕이 떨어지기 시작했다. 그렇게 직장 생활을 마치게 되었다. 막막했다. 다니고 있는 직장 외에는 나의 미래를 깊이 생각해 본 적이 없었다. 절박하게 고민했다. 그때, 창업에 대해 처음으로 진지하게 생각했지만 무엇을 어떻게 해야 할지 알 수 없어 고민하던 중에 한 사람이 떠올랐다. 같은 직장에서 일하다가 작은 기업을 창업하여 성공적으로 경영하고 있던 C 사장이었다. 만나서 많은 이야기를 나눴다. 나에겐 큰 격려와 도움이 되었다. 그 뒤로 자주 만나서 생각하는 사업 계획에 관해 대화하면서 확신을 하게 되었다. 가진 것은 희망과 아이디어뿐이었다.

내 사업 목표는 제조·유통이었다. 공장 없이, 직원 없이, 돈 없이 내가 가진 경험과 지식으로 시작할 수 있는 유일한 사업이라고 생각했다. 기술력 있는 작은 중소기업들을 발굴·연계하여 대기업과 직접 거래를 트는 사업 아이디어였다. 현실성이 없는 사업이었다. 하지만 그때는 그 계획이 충분히 가능해 보였다. 무역 회사에서 2년 동안 근무하면서 많은 중소기업과 대기업을 방문할 기회가 많았는데 그때 경험이 사업 구상에 영향을 준 것 같았다. 중소기업은 대기업과 거래를 하고 싶어 했고 대기업은 유망한 중소기업을 찾는 것이 필요하다고 생각했다. 뜻은 좋았으나 현실은 녹록지 않았다. 창업 후 두 달이 지날 때쯤 이 사업이 어렵겠다는 생각이 들었다. 무역 회사의 직원으로 일할 때와 달리 나는 개인이나 다름없는 서른네 살 풋내기 사업자였을 뿐이었다. 나는 의욕이 충만했고 대기업과 중소기업 간의 다리를 놓고 중재할 능력이 있다고 자신했지만, 기업들이 나를 보는 시각은 달랐다.

결국, 나는 사업 방향을 바꾸어야 했다. 두 개의 명함이 있었다. 하나는 창업자의 명함으로, 다른 하나는 나를 신뢰하고 인정해 준 어느 중소기업 사장의 직원으로 인쇄된 명함이었다. 영업과 개발책임자로 인쇄된 명함을 들고 대기업인 D 전자를 자주 방문해서 일감을 구했다. D 전자에서 원하는 대로 제품도 개발해서 나를 인정해 준 그 중소기업에서 생산하도록 했다. 그 기업에서 생산하지 못하는 부품은 다른 회사를 찾아 위탁 생산하도록 했다. 점차 자신감이 붙었다. 꼬박꼬박 받는 월급으로 사는 것이 아니고 나 스스로 일해서 수입을 만들어 낼 수 있다는 자신감 말이다. 아무리 의욕적으로 시작한 사업이었어도 상당한 두려움이 있던 중에 얻은 자신감은 나에게 큰 힘이 되었다. 하지만 생각하지 못한 큰 어려움을 만났다. 그 중소기업 사장이 내게 지급하기로 한 돈을 차일피일 미루면서 주지 않는 것이다. 믿었던 분이었는데 돌변한 모습에 몹시도 화가 났다. 울분을 가라앉힐 수 없을 정도로 배신감에 힘들었다. 결국, 받을 돈을 받지 못하고 오히려 손해를 보게 되면서 그분과는 관계를 정리하게 됐다. 큰 경험이 되었다.

그때의 경험으로 절실하게 깨달은 것은 아무리 어려워도 내 이름을 걸고 내 회사를 키워야 한다는 것이었다. 그때부터 대기업인 M 기업을 일주일에 세 번 이상은 방문했다. 그 당시 내가 사는 인천에서 M 기업이 있는 평택까지는 왕복 4시간이 걸리는 먼 거리였다. 수주받은 제품도 없이 무작정 M 기업을 방문한 이유는 M 기업과 거래를 터야 한다는 목표 때문이었다. 직원과 사업장이 없던 나의 회사는 실체가 없는 것과 다름없으나 M 기업과 거래를 한다는 존재감이 회사를 성장시킬 수 있는 유일한 길이라고 믿었다. 그렇다면 "왜 하필이면 M 기업인가?" 전 직장에서 거래했던 여러 대기업 중에서 M 기업의 몇 분이 특별히 나의 창업을 진심으로 격려해 주었기 때문이다. 그분들의 따뜻한 격려에 힘입어 자주 찾아가게 된 것이다. 왕복 4시간이 소요되는 거리를 내 집 드나들 듯이 왕래하니 먼 거리로 느껴지지 않았다. 목표를 가지고 다니던 그 길은 희망의 길이었다. '김 사장에게 출근부를 만들어 줘야겠다'며 웃던 그분들이 그리워진다. 나를 유난히 믿어 주고 인정해 줬던 그분들은 지금쯤 꽤 연로한 나이가 되셨을 것 같은데, 보고 싶다.

이웃 동네를 오가듯이 M 기업을 오가던 어느 날, 마침내 좋은 소식을 들었다. 어느 기업으로부터 공급받고 있는 부품의 품질이 지속해서 문제를 일으키고 있는데, 품질을 개선해 오면 M 기업 협력사로 등록할 수 있다는 굿 뉴스였다. 하지만 뒤를 이어 전해 듣는 말에 낙담하고 말았다. 부품 품질만 좋다고 해서 끝나는 것이 아니라 업체 실사를 받아 공식 협력사로 인정받아야 한다는 것이었다. 문 하나만 통과하면 될 줄 알았는데 들어가기 더 어려운 좁은 문 하나를 더 통과해야 한다는 말에 상심이 컸다. 하지만, '이 기회를 어떻게 잡았는데!' 하는 오기가 생겼다. '일단 주어진 1차 숙제부터 풀자.'라고 생각했다.

　그 뒤 두 달여 동안 정신없이 부품 개선을 위해 밤새는 줄 모르고 연구하여 여러 차례 샘플을 만들어 제출하고 마침내 M 기업 품질 부서의 승인을 받게 되었다. 이제 다음 단계는 M 기업의 본사 소속 구매 본부의 업체 실사를 받는 것이었다. M 기업의 협력사로서 적합한 회사인지를 검증하는 일이었다. 큰 걱정에 마음이 무겁고 답답했다. 나를 격려해 주던 평택 직원분은 나의 상황을 잘 알고 있지만, M 기업 본사의 구매 본부는 엄격한 심사 기준에 맞춰 실사해야 한다. 내 공장도 없고 직원도 없고 심지어는 내 사업 명의의 사무실 전화도 없었으니 태산 같은 걱정이 되는 것은 당연했다. "어떻게 하지?" 해결책을 찾기 위해 많은 고민을 했지만 마땅한 답을 찾을 수가 없었다. 그런데 하나님이 도우신 걸까? 무심사 패스로 M 기업 협력사 등록이 되어 버렸다. 이것이 어떻게 된 일이었을까? 평택에서도 잘 모르겠다고 한다. 심사 요청을 위해 본사 구매 본부에 요청 공문을 보냈고 당연히 실사를 나갈 줄 알고 있었는데 심사 없이 그냥 승인하겠다는 회신을 받았다고 한다. 이런 일은 한 번도 없었다는 놀라움과 함께 전해 들었던 말이 지금도 귓가에 생생하다. "김 사장, 축하해!"

나의 첫 번째 사업 목표였던 대기업 거래의 첫 문을 열었으니 평택 가는 길은 더욱 힘이 났다. 아무 일도 없이 왕래할 때와는 달랐다. 비록 첫 주문은 오고 가는 경비도 충당이 안 되는 작은 것이지만 막연한 희망을 현실로 만들었다는 기쁨에 힘든 줄 모르고 일했다. M 기업 평택 공장을 구석구석 돌아보는 일이 반복됐다. 정글에서 사냥감을 찾아 어슬렁대는 사자같이.

이곳에서 사업을 일으킨 역사가 시작됐다. 29년 동안 사업을 하리라 생각 못 했다. 인생은 알 수 없다. 확실한 것은 지금 내가 발을 딛고 있는 곳이 나의 인생이 이어지고 있는 곳이라는 사실 뿐이다.

회사 성장의 첫 단계

1992년 초겨울이었다. M 기업 평택 공장에서 마침내 기회를 잡았다. 협력사로 등록된 뒤 포착한 첫 아이템이었다. 지금의 회사로 성장할 수 있게 해 준 제품이었다. 평택에서 생산 중이었던 커피자판기의 온수 탱크였다. 대기업이었던 D 전자에서 생산했던 커피자판기 온수 탱크 샘플을 의뢰받아 제작해 본 경험이 있던 나는 M 기업의 커피자판기 개발 담당자를 찾아갔다. 샘플을 제작해 볼 기회를 한 번만 달라고 했다. 생각과는 달리 상당히 긍정적으로 대화가 오고 갔다. 그 당시 자판기용 온수 탱크를 제작했던 협력사는 고유의 기술력을 기반으로 해당 업계에서 독점하다시피 생산하고 있었다. 개발 담당자는 그 협력사의 비협조적인 태도에 불만이 많았던 상황이었다. 마침 그때, 나의 제의는 그 개발 담당자에게 호기가 되었던 것 같다. 협력사를 바꾸고 싶은데 마땅한 회사를 찾을 수 없어 불만이 많아도 어쩔 수 없이 거래를 이어가던 상황이었으니 말이다. 정말 정성을 다해서 샘플을 제작했다. 그리고 제출했다. 대성공이었다.

제품 승인도 받았다. 첫 주문서도 받았다. 한 달에 매출 1,000만 원이 넘는 금액을 벌어들였다. 창업 이후 가장 큰 매출이었고 고정 매출이 되었다. 그렇게 되자 직원이 필요한 상황이 되었다. 한 달 내내 직원을 고용할 만큼 수주가 많은 것은 아니었지만 말이다. 마침 그때 나의 창업을 도와줬던 지인이 운영하는 회사가 확장된 새 공장을 지어 이전하게 되었다. 내가 받은 주문을 그 회사에 전량 외주로 발주하고 조립만 내가 하기로 했다. 그리고 그 공장 지하에서 조립할 수 있는 5평 남짓한 작은 공간을 빌리고 작은 사무용 책상 하나를 놓을 수 있는 사무 공간도 빌렸다. 그때야 비로소 외근 후에 돌아와 내 책상에 앉을 수 있었고 회사 전화 한 대도 설치할 수 있었다. 창업 후 8개월 만이었다.

거래처 영업 활동을 해야 했던 내가 조립까지 하기엔 시간이 없었다. 그렇다고 직원을 채용하기엔 받은 주문량이 많지 않았다. 고민하고 있던 차에 두 달 전에 회사에서 정년퇴직하신 장인어른이 생각났다. 상황을 말씀드렸더니 흔쾌히 도와주시겠다고 하셨다. 장인어른은 조립 일이 필요할 시간에만 출근하셔서 일해 주셨다. 컴컴하고 눅눅한 습기를 머금은 지하 공간에서 카세트 라디오 음악을 들으시며 홀로 일하시는 적적함을 달래셨다. 아직 이익이 남지 않는 사업이라 용돈 정도밖에 드릴 수 없어 죄송한 마음이었지만 기쁘게 도와주셨다. 가족의 든든함과 고마움을 느꼈던 시간이었다.

창업 후 아이템이 2가지가 되었다. 버스 에어컨 부품인 SIGHT GLASS와 커피자판기 부품인 온수 탱크였다. 그것도 대기업인 M 기업에 공급하는 당당한 협력사가 된 거다. 창업 후에 생각한 대로 풀리지 않았던 막막함과 걱정의 먹구름 사이로 한 줄기 찬란한 햇살을 보는 듯했다. 곧 먹구름이 걷히고 밝은 하늘을 볼 수 있을 것 같은 기분이었다. 하지만 재정적으로 자립이 안 되는 경영 상태가 계속되고 있었다. 지성이면 감천이라고 했나? 건물 외벽에 매달려 있는 에어컨 설치대가 눈에 들어왔다. 아파트 단지들을 보니 실외공간이 필요한 에어컨 실외기를 건물 외벽에 부착한 설치대가 모양도 볼품없고 페인트가 벗겨져 녹물이 흘러 건물 외관을 흉물스럽게 만들었다. 미친 듯이 현장 사진을 찍어 댔다. 아파트가 밀집된 지역에서 가구마다 걸려 있는 에어컨 사진을 찍으니 주민들이 왜 남의 집 사진을 찍느냐며 험한 표정으로 화를 내기도 했다. 나는 에어컨이 걸려 있는 사진을 찍고 있었는데 집주인들은 영문을 모르니 화를 낼 법도 했다. 연신 죄송하단 말을 하면서도 다양한 설치대의 형태를 분석하기 위해 많은 사진을 찍었다.

그즈음 일본에서 만든 에어컨 관련 부품 팸플릿을 우연히 입수했다. 팸플릿에 실려 있는 제품 사진들을 보는 순간 나는 심장이 터질듯했다. 내가 생각한 만능설치대를 발견했기 때문이다. 어떤 회사 에어컨 실외기라도 즉시 조립하고 설치할 수 있는 만능설치대를 만들던 때를 생각하면 지금도 행복감이 밀려온다. 3년 동안 잘 팔았다. 그리고 그만뒀다. 커져 가는 설치대 시장에 저가 제품들이 들어오기 시작하기도 했고 정수기용으로 개발한 냉온수 탱크 물량이 폭증했기 때문이다. 5년간은 매년 배 이상 매출이 늘었다. 정수기 시장이 폭발적으로 성장한 덕분이었다. 냉온수 탱크를 전문적으로 생산하는 업체가 없던 시기에 우리 회사 제품은 날개를 달았다. IMF를 만나기 전까지는.

IMF 시기에 매출이 반 토막이 났다. 부도를 맞은 대기업도 생기고 절대 망할 것 같지 않았던 은행들이 문을 닫기도 하고 인수합병 되기도 했다. 우리 회사도 창업 후 최대 위기를 만났다. 승승장구했던 회사가 카운터 펀치를 맞고 휘청대는 모양새가 되었다. 그러나 극도로 불안했던 위기 상황도 오래가진 않았다. 국내 최대의 정수기 회사가 된 고객사가 새롭게 시도한 영업 전략이 성공했기 때문이다. 방문 판매 방식으로 영업했던 전략을 렌털 판매라는 새로운 판매 방식으로 바꾼 것이 적중했던 것이다. IMF로 모든 국민이 어려웠던 시기에 매달 적은 돈으로 정수기를 이용할 수 있도록 한 영업 전략이 적중하여 정수기 판매는 큰 폭으로 증가했다. 덕분에 우리 회사도 급전직하한 매출이 회복되고 안정적으로 성장했다.

올해로 29주년을 맞은 우리 회사는 여전히 냉온수 탱크를 생산한다. 28년 전에 5평 지하 공간에서 카세트 라디오 음악을 벗 삼아 홀로 온수 탱크를 조립하시던 장인어른이 생각난다. 올해 90세가 되셨다. 지금도 자녀들을 위해 날마다 새벽기도 하시는 사랑이 넘치는 분. 건강하시길. 그리고 여생 내내 행복하시길 두 손 모아 기도한다.

새로운 도전

나는 새로운 제품에 늘 목말라했다. 냉온수 탱크 외에, 회사의 지속적인 성장을 위해 경영자로서 반드시 필요한 일이었다. 정수기용 냉온수 탱크가 국내 처음으로 개발된 제품인 것처럼, 국내 누구도 만들지 않는 제품을 만들고 싶었다. 주차 티켓 발매기는 나의 염원이 이루어진 제품이었다. 건물 내부에서 사용되는 제품이 아니라 노상 주차장에서 사용되는 주차 티켓 발매기는 북미지역이나 유럽에서는 오래 전부터 상용화된 제품이었으나 국내에서는 존재하지 않던 제품이었다. 어느 날 서울시에서 국내 최초로 이 제품을 도입하여 시범적으로 운영해 본 후 상용화할 계획이라는 이야기를 들었다.

주차 티켓 발매기 제조에 대한 경험이 없었는데도 국내에 처음으로 설치될 우리 제품을 상상하자 나의 가슴은 뛰기 시작했다. 지금 생각하면 무모하기 이를 데 없었지만, 제품을 개발해야겠다고 결심하고야 말았다. 앞서 개발해서 판매한 에어컨용 만능설치대와 냉온수 탱크를 성공시킨 자만심이 자신감으로 이어진 것이었다. 전문적인 지식도 없고 경험도 없이 도전한 너무나 용감한 결정이었다.

제품을 개발할 직원들을 채용하기 시작했다. 국내에서는 처음으로 생산하는 제품이고, 해외까지 진출할 수 있다는 매력을 느껴선지, 내가 기대한 최고의 기술진으로 팀을 꾸릴 수 있었다. 해외에서 수집한 제품에 대한 자료와 서울시에서 요구하는 제품 사양을 토대로 개발에 착수했다. 우리 개발진은 정말 열심히 일했다. 휴일도 거의 없이 늦은 밤까지 개발에 매진한 결과 6개월 만에 첫 제품이 탄생했다. 우리 개발진과 나는 기뻐서 감격했다. 다음 단계는 서울시에서 지정한 시범 지역 몇 군데에 우리 제품을 설치해서 시범 운영을 하는 것이었다. 우리 회사 제품뿐 아니라 해외에서 들여온 제품들과 함께 시범 운영하여, 운영자와 지역구 시민들에게 가장 좋은 평가를 받는 제품이 선정되는 입찰 방식이었다.

시범 운영에서 좋은 평가를 받기 위해 사용자로부터 피드백을 받아 제품을 업그레이드하면서 우리의 희망도 업그레이드하던 중에 전혀 예상치 못한 충격적인 소식을 들었다. 대한민국이 IMF 즉, 외환위기를 만난 것이다. 서울시가 추진하던 노상주차장 현대화 시범 사업도 무기한 연기됐다. 청천벽력 같은 소식이었다. 회사와 개발팀이 그동안 공들인 노력이 한순간에 물거품으로 변하는 순간이었다. 모두 너무나 크게 낙담했다. 오직 서울시 프로젝트 하나만 보고 우리 모두 열정을 다해 일했는데, 언제 재개될지 알 수 없는 시범 사업의 무기한 연기는 나와 우리 개발 직원들을 절망감으로 털썩 주저앉게 했다.

하지만 그대로 끝낼 수는 없었다. 해외에서는 이미 오래전부터 사용하는 제품이니 기회가 있을 것이라는 생각을 하고 돌파구를 찾던 중에 러시아 모스크바에서도 서울시와 같은 사업을 시행하고 있다는 말을 들었다. 러시아를 상대로 무역을 하던 분이 우리 회사의 주차 티켓 발매기를 보고 찾아와서 전해 준 이 소식을 듣고 뛸 듯이 기뻤다. 그러나 기쁨도 잠시, 우리는 영하 40도를 넘나드는 모스크바 날씨에도 견딜 수 있는 제품을 다시 개발해야 했다. 완성된 시제품을 들고 모스크바시에 찾아갔을 때 관계자는 우리 제품을 보고 크게 만족했다. 설치해서 운영해 보자는 그의 말에 우리는 열심히 제작에 몰두했다. 그런데 이게 웬일인가! 어떻게 이런 불운이 연이어 일어나는가? 러시아의 불안한 경제 상황으로 인해 모라토리엄(Moratorium)이 발생했다. 우리의 IMF와 유사한 비상시국이 된 것이다. 또다시 기약 없이 모스크바 사업은 무기한 연기됐다.

우리는 포기하지 않았다. 우여곡절 끝에 캐나다와 연결됐다. 밴쿠버에 사는 Tom Lucas를 사업 파트너로 만났다. 캐나다와 미국에서 우리 제품을 판매할 수 있기를 기대하며 정말 열심히 제품을 만들었다. 이 사업은 10년을 이어갔지만, 사업 확장에 한계를 느끼고 마침내 모든 사업을 철수해야 했다. 긴 여정이었다. 긴 고난의 길이기도 했다. 하지만 나는 진정한 친구를 얻었다. 후회는 없다. 나의 모든 열정을 쏟아 일했고, 보람도 있었고 행복했던 순간들도 많았다.

나는 또 다른 도전을 지금도 하고 있다. 하루하루가 도전의 시간이다. 어제보다 나은 오늘과 내일을 만드는 모든 노력이 도전 아닌가?

내 친구 톰

캐나다 밴쿠버까지 하늘길로 8,300km 떨어져 있다. 비행기로 10시간 가야 하는 거리다. 그곳에 내 친구 톰이 산다. 못 본 지 3년이 됐다. 그와 함께 사업할 때는 일 년에 서너 번은 봤던 사이인데 너무 보고 싶다.

3년 전에, 톰이 사고를 당했다. 스키를 타다가 충돌해서 갈비뼈 여러 개가 골절됐다는 소식을 들었다. 놀라고 걱정스러운 마음으로 밴쿠버로 향했다. 걱정하면서 출국했지만 오랜만에 그리운 친구를 만날 생각을 하니 설레기도 했다. 밴쿠버 공항에 톰 대신 나온 톰의 친구 차를 타고 톰의 집으로 갔다. 톰 부부와 톰의 친구 부부가 나를 기다리고 있었다. 톰의 친구들과 부부들도 내 친구같이 오래 친분을 쌓은 사람들이다. 톰의 몸 상태가 생각보다는 괜찮아 보여서 안도했다. 톰은 하이킹과 스키 등 액티브한 도전을 즐긴다. 가끔 다치는 것만 제외하면 나도 그처럼 도전적으로 살고 싶다. 그를 보면 활력이 생긴다. 톰은 나를 잘 챙겨 주는 형 같은 존재다. 리더십도 있고 자상하다. 유머도 많아서 함께 있으면 언제나 즐겁다. 띄엄띄엄 대화할 정도의 유아 수준의 영어 실력으로 톰과 쌓은 우정은 특별하다. 사업 파트너로 만났지만 서로를 너무나 신뢰하고 사랑하는 친구로 지낸 지 25년이 흘렀다.

사람 간에 인연은 묘하다. 25년 전에 밴쿠버, 그가 운영하는 회사에서 만났다. 나는 영어로 간단한 인사밖에 못 했다. 톰이 부른 통역사를 통해 미팅하는 자리가 첫 대면이었다. 밴쿠버에 도착한 전날 밤, 기억하기 싫은 그 일로 인해 우리는 만나지 못할 뻔했다. 약속을 지켜야 한다는 신념과 애국심 덕분에 만나게 됐지만.

톰과 만나기 전날 밤, 호텔에서 있었던 일이다. 개발한 주차 티켓 발매기 수출 건으로 수입 업체를 찾던 중에 톰을 소개해 준 사람이 있었다. 워킹 비자로 밴쿠버에 살던 사람인데, 회사 직원의 지인이었다. 개발한 주차 티켓 발매기로 서울시 시책 사업에 참여했지만, IMF로 인해 무기한 연기된 후 수출 길을 열기 위해 해외 고객을 찾던 중이었다. 고마운 마음으로 밴쿠버 공항에 도착해서 반가운 인사를 하고 감사의 마음을 전할 때까지는 좋았다. 함께 간 개발 직원 4명과 함께 호텔에 짐을 풀고, 내일 아침 미팅에 관해 이야기를 나눈 직후에 톰을 소개해 준 사람은 나와 개별적으로 미팅하기를 원했다. 내 방에서 그는 쪽지 하나를 쑥 내밀었다. 톰에게 판매하는 제품 매출액의 10%를 지불한다는 계약서였다. 그리고 하는 말이, 이 계약서에 서명을 안 하면 내일 톰과 미팅할 수 없다는 통보였다. 전혀 예상 못 한 상황에 너무나 당황스러워 화가 나서 할 말을 잃었다. 한국을 떠나기 전에 이런 계약 조건을 들었다면 오지 않았을 텐데. 그는 기습적으로 일방적인 제안을 한 것이다. 그는 톰 회사에 대한 정보도 주지 않았고, 톰이 캐나다에서 오랜 기간 주차 티켓 발매기 판매 사업을 해 온 사람이라는 이야기만 했었다. 믿는 직원의 지인이기에 아무 의심 없이 믿었던 나의 경솔함이 있었지만, 많은 투자비를 들여 개발한 주차 티켓 발매기의 판로가 막혀 초조했던 나는 바이어를 만날 수 있다는 희망에 들떠 있었다.

그 계약서에 서명할 수 없었던 내 머릿속은 복잡해졌다. 느닷없는 계약서를 내민 그 사람에게 화도 내 보고, 이건 아니지 않냐며 그를 회유했지만 그는 막무가내였다. 내일 한국으로 가는 비행기 표를 알아보고 다시 돌아가야 하는지, 일단 서명한 후에 톰과 만나야 하는지 생각할 시간이 필요했다. 잠시 혼자 생각할 시간을 달라고 했다. 내일 미팅 장소에 안 가게 되면 톰과 톰의 사업 파트너들에게 큰 결례를 하게 되는 것이다. 톰의 몇몇 사업 파트너는 미국에서 온다고 들었다. 우리가 가져가는 제품을 보고 평가하기 위해서다. 한 번도 본 적이 없는 사람들이지만, 그들과의 미팅 약속을 지키지 않는 것은 국가적 문제라는 애국심이 발동했고, 약속을 지키지 않는 것은 나로서는 도저히 받아들일 수 없는 일이었다. 그렇다고, 사업 미팅도 이루어지지 않았고 우리가 개발한 제품이 캐나다와 미국 시장에서 판매가 될 수 있는 사양인지도 전혀 모르는 상태에서 매출의 10%를 소개비로 달라는 요구는 아무리 생각해도 잘못된 것이라는 생각이 들었다.

아무리 생각해도 미팅은 해야 했다. 예고 없이 불쑥 내민 그 계약서에 서명했다. 일단 미팅 후에 계약서를 내민 사람과 대화로 풀 수 있을 것 같다는 믿음이 들었다. 이튿날, 우리는 만났고 긴 미팅을 했다. 결론은 북미 시장에 맞는 제품을 처음부터 다시 개발해야 한다는 것이었다. 미팅을 마치고 한국으로 돌아오기 전날 밤에 10% 수수료를 요구한 사람에게"소개해 준 것은 감사하나, 내가 이 사업을 하려면 모든 것을 다시 시작해야 한다. 개발을 새롭게 할지 안 할지도 한국에 돌아가서 판단하고 결정할 것이다. 당신이 이 사업에 기여할 수 있는 부분이 있으면 충분히 검토해서 협의할 것이다."라고 말했다. 하지만, 그는 이 사업에 대해 전혀 모른다. 영어 실력도 간단한 생활영어 정도 구사하는 수준이라 이 사업을 함께 하는데 기여할 만한 능력이 없다는 걸 그도 알았고 우리 모두 알았다.

그는 나에게 미안하다고 했다. 자기 욕심이었다고 했다. 그 순간만 해도 그와의 인연은 그렇게 끝나는 줄 알았다. 그 뒤로 그와 2년 정도 아무 연락도 없었는데, 2년 전에 서명했던 계약서 사본과 함께 우리 회사로 발송된 내용증명을 시작으로 2년 동안 그와 재판을 하게 될 줄은 몰랐다. 그에게 돈을 지급할 일체의 이유가 없다는 법원의 최종 판결을 받고 악몽 같았던 인연은 끝났지만, 큰 교훈을 얻었다.

나는 북미지역 수출용 제품 개발을 완전히 새롭게 시작했다. 밤낮 없이 매달린 첫 제품이 석 달 만에 완성됐다. 톰은 놀라서 입을 다물지 못했을 정도였다. 최소 1년은 걸릴 것이라 예상했던 제품을 이렇게 빨리 만들어 올 줄 상상도 못 했단다. 다양한 질문과 답을 팩스로 주고받으며 개발했는데, 톰은 우리의 신속성과 열정에 탄복했다. 그의 회사 내부에 대형 태극기까지 걸어 놓고 처음 인연을 맺은 한국인들에게 감동했다. 그렇게 우리는 주차 티켓 발매기 사업에 10년을 함께 했다.

그와 함께 사업했던 10년이라는 시간은 극적이었다. 생사를 같이 할 정도로 열정을 다했던 사업을 종료할 때쯤, 나는 눈물을 펑펑 쏟았다. 톰도 나도 얼마나 이 사업에 얼마나 헌신적이었는지 모른다. 그러나 우리는 그 사업과 이별을 할 수밖에 없었다. 애지중지 키워 온 자식을 떠나보내는 아프고 슬픈 심정이었지만 나는 그 사업을 접었다. 그러나 톰과의 우정은 변함없었다. 우리는 영원한 친구이고 서로 영원히 사랑한다. 내 친구 톰! 생각만 해도 그리운 친구다. 부디 건강하길 바란다. 나에게는 다정한 누님 같은 톰의 부인 Wendy도 보고 싶다. Tom과 Wendy, 참 아름다운 사람들이다. 행복하길 두 손 모아 기도한다.

노력의 결실

정성을 다한 노력은 결코 헛되게 사라지지 않는다. 영예로운 산업자원부 장관상을 두 번씩 수상하고, 신지식인으로 선정되는 기쁨도 누렸다. 냉온수 탱크와 주차 티켓 발매기를 국내 처음으로 개발하여 기업의 발전을 도모하고 국내 산업과 해외 수출에 기여한 공을 인정받은 것이다. 두 번째 장관상은 산업기술혁신대상으로, 장관과 차관급 인사 그리고 한국국가산업단지 이사장까지 우리 회사를 내방하여 시상해 주시고 거액의 상금까지 주셔서 경영자로서 큰 기쁨을 누렸다.

국내에서 가장 많은 구독자가 있는 경제 신문사를 포함한 여러 신문사에서는 나에 관한 기사를 지면에 크게 게재해 주기까지 했다. "맨손으로 성공, 두려운 게 없어요"라는 제목으로 공고 출신의 기업인을 소개한 것이다. 연이어 여러 방송사에서 초대받아 성공한 기업가로서 인터뷰하기도 했다. 기업으로서 받을 수 있는 인증과 표창도 아쉬움이 없을 만큼 많이 받았다. 직원들과 함께 좋은 회사를 만들기 위해 노력하면서 흘린 땀과 시간에 대한 보상 같아서 상을 받을 때마다 뿌듯하고 기뻤다.

우리 회사가 받은 가장 큰 혜택은 병역특례업체로 지정된 것이다. 보충역이나 현역으로 입영하는 대상자 중에서 조건이 맞는 청년들이 중소기업에 입사하여 산업체에는 직원 구인의 애로를 해소하여 주고 있다. 여러 가지 사정으로 산업체에서 근무하기를 희망하는 청년들에게는 병역을 대체해 주는 국가지원책의 혜택을 20년 넘게 받고 있다. 중소제조기업에서 일하는 청년들이 나날이 줄고 있는 이 시대에도 우리 회사에는 청년들이 꽤 많이 재직하고 있다. 국가에 늘 고마운 마음을 가지고 있다.

기업을 만들고 기업을 발전시켜나가는 작업은 꽤 고된 일이다. 적자생존의 경쟁을 필연적으로 해야 한다. 고객의 선택을 받지 못하는 기업은 생존할 수가 없다. 그래서 수단 방법을 가리지 않고 고객의 선택을 받기 위해 치열한 경쟁을 하기도 한다. 때로는 부정한 방법을 동원하기도 한다. 그러나 정직하지 못한 기업은 결국 오래가지 못한다. 경쟁력이 없는 기업도 오래가지 못한다. 최고의 품질경쟁력을 포함한 기업의 경쟁력을 갖추는 요소는 다양하다. 경쟁력이라는 것도 초경쟁 사회를 살아가는 현실에서 심화되어 간다. 지난날 경쟁력으로 성공했다고 방심할 수 없다.

어제보다 더 나은 기업의 면모를 갖추기 위해 노력한 결과로 29년 동안 우리는 생존했고 성장했다. 정성을 다한 노력은 절대 배신하지 않는다는 진실을 확인하고 오늘도 열심히 일한다.

고난 뒤에 축복

경영자는 늘 미래를 생각해야 한다. 경영자는 오늘이라는 들판에 서 있지만 미래를 생각하고 준비하지 않으면 새길을 만들어 갈 수 없다. 경영자에게 내일을 순조롭게 걸어갈 수 있는 길은 예비 되어 있지 않다. 한 번도 가 보지 않은 미래를 스스로 개척해야 한다. 그러나 알수 없는 길을 걸어가는 여정이 어찌 순탄하랴. 시행착오도 많이 겪게 된다. 앞날을 예측하고 판단해서 투자한 일들이 실패해 큰 손실을 볼 때도 있다.

휴대용 산소발생기를 국내 처음으로 개발해서 판매했을 때였다. OEM(주문자상표방식)으로 개발을 의뢰받아 개발을 완성하고 판매에 돌입했다. 고객의 반응은 뜨거웠다. 기대치를 상회하는 수량이 첫 달에 판매됐다. 예측을 뛰어넘는 판매가 되어 추가로 원부자재를 주문하고 2차 생산을 하고 있을 때였다. 그때 나는 주차 티켓 발매기를 호주에 수출하기 위해 시드니에 출장 중이었다. 회사에서 급한 연락을 받았다. 느낌이 좋지 않았다. 사업을 하다 보니 전화 오는 타이밍에도 직관적인 감이 온다. 아니나 다를까. 나쁜 소식이었다. 우리 회사가 공급한 휴대용 산소발생기를 판매하던 고객사가 부도가 났다는 소식이었다. 정신이 아찔했다. 뭘 어떻게 해야 할지 아무 생각도 할 수 없었다. 사실 그 고객사와 계약을 체결하기 전에 그 회사의 재정 상황이 좋지 않다는 것은 알고 있었다. 하지만 잘 알려진 중견기업이 그 고객사에 수십억 원의 현금을 투자했다는 말에 안심하고 납품했다. 그런데 그 고객사가 부도가 났다는 말에 내 마음은 무너졌다. 그리곤 반사적으로 납품 대금이 얼만지 떠올렸다. 이미 IMF를 겪어 보았기에 부도가 나면 받아야 할 돈을 거의 받을 수 없다는 걸 알고 있는 나는 극심한 불안감을 느껴야 했다. 공급한 제품에 대한 대금은 받을 수 없어도, 공급한 제품을 생산하기 위해 구입한 원부자재 비용은 지불해야 했다. 게다가 추가 생산을 계획하고 구입해서 창고에 보유하고 있는 자재도 있었다. 손실이 예상되는 금액을 어림잡아 계산해 보니 우리 회사가 감당할 수 있는 상황이 아니었다. 절망감과 두려움이 내 온몸을 휘감는 듯했다.

한국으로 돌아와 부도가 난 고객사를 방문했다. 생각보다 재정 상태가 심각했다. 이 고객사에 부품을 공급했던 협력사들과 공동으로 채권단을 만들었으나 납품 대금을 받을 가능성은 없어 보였다. 휴대용 산소발생기를 생산하기 위해 지출한 자재비는 어떻게 감당해야 할지 아득했다. 간절한 마음으로 은행을 찾았다. 대출을 부탁하기 위해서였다. 하늘이 무너져도 솟아날 구멍은 있었다. 나도 모르는 사이에 공장의 부지 가격이 올랐단다. 그래서 공장 부지를 담보로 추가 대출을 해 줄 수 있다는 은행 담당자의 말을 듣고 "하나님 감사합니다."

소리가 저절로 튀어나왔다. 생존을 위해 절박한 삶을 사느라 하나님을 잠시 잊고 살다가도 이렇게 위중한 상황을 만날 때마다 피할 길로 이끄시는 하나님께 감사하게 된다.

벼랑 끝에 매달려 있었던 나에게 구원의 손길과 같았던 은행 대출로 가까스로 위기는 모면했지만, 재정적인 어려움은 계속됐다. 냉온수 탱크 사업은 큰 어려움 없이 이어졌으나 야심 차게 추진한 휴대용 산소발생기 사업은 부도를 맞고 실패했고, 주차 티켓 발매기 사업도 연달아 어렵기만 했다. 회사 재정도 어려운 상태였고 미래를 준비하며 개발한 신제품들도 빛을 보지 못하는 상황이 계속되니 낙담할 수밖에 없었다. 지금 고난을 겪는다 해도 내일을 준비하는 것이 있으면 힘도 나고 기쁘게 일할 수 있을 텐데 나에게 힘이 될 한 줄기 빛이 보이지 않았다.

사업을 시작할 때, 삐삐라고 불렸던 무선호출기를 허리에 차고 공중전화를 이용하여 영업했다. 1인 기업으로 시작한 회사가 30평 임대 천막 공장을 거쳐 30여 명이라는 직원을 두고 어엿한 자가 공장을 소유하게 되니, 모든 것이 나의 능력으로 된 것 같았다. 신제품 사업의 위기를 만나서 고난을 겪고 나서야 내가 교만했다는 걸 깨달았다. 얼마나 교만한 마음으로 인터뷰를 했으면 "맨손으로 성공 두렵지 않아요."라고 신문사 기자가 나에 관한 기사 제목을 붙였을까. 개천에서 용 난다는 말이 있다. 내세울 것 없는 열악한 환경에서 살았지만 노력해서 성공한 사람을 일컫는 말일 게다. 자수성가(自手成家)라는 말도 있다. 그런 뜻으로 보면 자신을 흙수저라고 여기고 성공에 대한 의욕 없이 살아가는 사람들에게 조금은 용기를 줄 수 있는 말일 것 같다. 하지만 나는 집무실 액자 속 이 기사 제목을 보면 한없이 부끄러워진다. 나는 그렇게 용기 있는 사람이 아니고 두려움을 모르고 맹진하는 용맹스러운 사람이 아니기 때문이다. 비록 맨손이지만 온갖 지식과 깊은 지혜로 무장한 사람도 아니다. 나는 단지 내가 해야 할 일을 피하지 않고 내가 할 수 있는 최선을 다했을 뿐이다. 그런데 어느 날 사람들이 나를 성공한 기업인으로 인정해 주고 있었다. 삐삐 차고 다닐 때는 상상하지 못했던 일이다. 무선호출기와 공중전화기가 나의 유일한 업무 수단이었을 때 나는 생활비를 벌어야 하는 일을 만들어야 했다. 아내와 아들의 가장 역할을 해야 했고, 세 식구가 먹고살아야 할 일을 만들어야 한다는 생각밖에 못 했다. 정해진 날짜에 월급을 꼬박꼬박 받던 때의 안정감은 사라지고 하루하루 불안한 삶으로 바뀌어 있었다. 그런데 어찌 '맨손으로 성공하는 것이 두렵지 않다'고 말할 수 있었겠나? 마치 사업을 시작할 때부터 아무 두려움 없이 주먹을 불끈 쥐고 살아온 사람처럼 말이다. 아니다. 하루하루 두려웠고 불안했다. 오직 한 가지 내가 꾸준히 한 것은 하루하루를 절실하게 살며 해야 할 일을 한 것, 그것뿐이다. 성공한 기업인으로 누린 기쁨도 잠시, 연속되는 고난 앞에 너무나 약하고 부족한 나의 모습을 자각하게 되었다. 교만했던 나의 모습도 깨닫고 회개하게 되었다.

말로 다 할 수 없이 힘든 고난의 길을 걸으면서 어느새 나는 은혜의 길을 걷고 있다는 걸 알았다. 나의 마음에 일어난 변화를 감지하면서부터였다. 내 인생이 지금 이 순간까지 올 수 있었던 특별한 은혜를 깨달으면서부터다. 남보다 뛰어난 재능도 없고, 창업을 시도할 만큼 창업 비용이 있었던 것도 아닌데 어떻게 창업을 했는지. 철옹성 같았던 큰 기업들과 몇몇 은행도 문을 닫게 만든 IMF 사태 속에서 작은 소기업인 우리 회사는 어떻게 살아남을 수 있었는지, 감당할 수 없는 부도를 맞고 큰 투자 비용이 들어간 사업의 실패를 겪었는데 어떻게 생존했는지, 준비가 부족했던 창업 아이디어는 보기 좋게 실패했는데 어떻게 29년 동안이나 사업을 영위하게 됐는지 놀라울 뿐이다. 나는 이 모든 것이 하나님의 은혜로 받은 삶이라는 깨달음을 얻었다. 나 스스로 할 수 없는 일들을 누군가의 도움으로 이루었다면 그것을 은혜라고 할 수 있지 않겠나.

　"사람이 마음으로 자기 앞길을 계획한다 해도 그 걸음은 하나님께서 이끄신다."라고 잠언에서 말한다. 자기 앞길을 계획하고 꿈꾼다 해도 자기 뜻대로 순조롭게 이루어지지 않는다는 걸 사람들은 알고 있다. 나 또한 내가 계획했던 일들이 틀어지고 어긋나는 시련을 겪고 나서야 잠언에서 한 말이 실감이 됐다. 성공한 사람들은 성공 비결을 묻는 말에 "운이 좋았을 뿐입니다."라고 겸손해한다. 벤처 기업으로 창업해서 큰 성공을 거둔 기업인이 자기 재산의 반을 사회에 기부하겠다고 말한 인터뷰를 봤다. 그는 말했다. 자기 기업이 이토록 성공할 수 있도록 도와줬던 많은 분이 있었고 운도 따라 줬다고. 그래서 자기 재산의 반은 사회에 환원하는 것이 옳다는 생각을 했다고 한다. 얼마나 감동했는지 모른다. 우리가 사는 세상에는 이 기업인처럼 훌륭한 사람들이 많이 살고 있다.

나는 나의 성공이 어떻게 이루어진 것인지에 대해 깊이 생각했다. 가난했던 환경이 부유한 환경으로 어찌 바뀌게 된 것인지, 보잘것없었던 지혜가 날이 갈수록 어찌 풍요로워지고 있는지, 나만 생각했던 이기적인 내면의 공간에 다른 사람들을 어찌 받아들이고 있는지, 나의 능력은 비천한데 기업을 이끄는 능력은 어찌 갖추게 되었는지, 나의 실수가 잦았는데 어찌 망하지 않고 회복할 수 있었는지. 단지 운이 좋았다고 말하기엔 뭔가 부족한 마음이 든다. 내가 도저히 갚을 수 없을 정도로 너무나 큰 도움을 누군가로부터 받고 있는데 그냥 "운이 좋았다."라고 한다면 그분들은 얼마나 섭섭한 마음이 들까. 삶 속에서 도움받을 일이 얼마나 많은가. 그중 작은 것 하나를 베푼 사람에게도 큰 감사를 느끼고 보답을 할 것인데, 내 인생 자체를 돕고 있는 누군가가 계신다면 그 도움을 나는 은혜라고 믿고 그 은혜를 베푼 분에게 내 삶을 통해 그 은혜를 갚으면서 살아야 한다고 생각한다. 그 길이 은혜의 길이고 나는 그 은혜의 길을 걸으면서 은혜 주신 그분과 평생을 동행하며 그분의 은혜를 갚는 삶을 사는 것이다.

나는 "사람이 마음으로 자기 앞길을 계획한다 해도 그 걸음은 하나님께서 이끄신다."라는 잠언 말씀에서 큰 지혜를 얻었다. 각자의 인생은 태어날 때부터 이미 정해진 것처럼 말하고 믿는 점성술은 헛되다. 운칠기삼(運七氣三)에 비유하며 실체가 없이 막연한 운(運, Fortune)에 인생을 맡기는 것도 우둔한 것이다. 사람이 마음으로 자기 앞길을 계획한다 해도 그 걸음은 운이 이끄신다고 하면 어떤 생각이 드는가. 그 운이라는 것이 바람의 방향을 모르는 것처럼 알 수 없이 작용하는 것인데 알 수 없이 불어오는 바람에 인생을 맡긴다는 것과 무엇이 다른가. 너무나 무책임한 인생관이 아닐까 하는 생각이 든다. 만약에 하나님도 사람들이 만들어 낸 신이라면 이 또한 막연하다. 하지만 하나님은 성경을 통해 하나님이 누구신지를 명확하게 밝히셨다. 하나님은 성경을 통해 우리 인생의 진리를 구체적이고 확실하게 밝히셨다. "내가 길이요, 진리요, 생명이니 나를 통하지 않고서는 아버지께로 올 사람이 없다."라고 예수님이 밝히셨다. 그러므로 우리 인생의 걸음을 인도하는 건 막연한 운이 아니라 하나님인 것을 믿는다. 살다 보면 운으로 느껴지는 상황을 체험하기도 한다. 그러나 지나간 내 인생의 행로를 기억해 보면 모든 것이 하나님의 섭리였다는 생각을 하게 된다.

예수님이 마태복음을 통해, "구하라 주실 것이요, 찾으라 찾을 것이요, 두드리라, 열릴 것이요…"라고 하셨다. 그리고 이어서 하신 말씀은 깊이 공감하게 한다. "자녀가 빵을 달라는데 어느 부모가 돌을 주겠으며, 자녀가 생선을 달라는데 어느 부모가 뱀을 주겠느냐? 악한 부모라도 자녀에게는 좋은 것을 줄 줄 아는데 하물며 하늘에 계신 너희 아버지께서 구하는 사람에게 좋은 것을 주시지 않겠느냐?"라고 말씀하셨다.

우리 앞길을 내 마음과 내 생각으로 계획하고 살지 말고, 우리의 걸음을 인도하실 분은 하나님이시니 우리 걸음을 인도하시는 하나님의 지혜를 배워서 그 지혜를 바탕으로 우리 마음과 생각을 지키고 앞길을 계획한다면 우리 인생이 어떻게 펼쳐지겠는가를 생각했다. 생각만 해도 환희에 넘친다. 나는 이 길을 가야겠다는 다짐을 했다. 사업을 하는 중에 비록 고난의 길을 걸을 때가 있을지라도 우리 걸음을 이끄시는 하나님의 말씀을 따라 살면 그 고난의 길이 은혜의 길, 축복의 길이 될 것이라는 믿음이 생겼기 때문이다.

마음과 생각 그리고 지식

　나는 지식에 목말라했다. 성공적인 기업을 만들려면 경영 전략도 배우고 직원 관리에 대해서도 배워야 한다고 믿었다. 조금씩 기업의 면모를 갖추고 직원들도 늘어 경영에 대한 많은 것들을 배우려고 했다. 경영 관련 책도 많이 사서 읽었고 경영에 도움이 될 만한 강의도 찾아가서 들었다. 기업 경영을 잘해서 성공적인 경영자가 되고 싶었기 때문이다. 대학에서 주최한 최고경영자 과정도 서둘러 등록하고 열심히 참석하고 들었다. 끝내 대학 문을 두드리지 못한 채, 공고생 출신으로 직장 생활을 하고 창업까지 했던 내가 연세대학교와 한양대학교 최고경영자 과정에 입학하여 그 대학 문을 드나들 때는 가슴이 설레고 뿌듯하기까지 했다. 공고 출신이 명문대학교 강의실에서 사회적으로 얼굴이 알려진 유명 기업인들과 함께 앉아 강의를 듣고 있을 때는 나의 신분이 상승한 것 같은 기분을 느끼게도 했다.

　많은 책을 읽고 많은 강의를 들으면서 배운 지식은 경영에 대해 제대로 배운 것 없이 창업한 나에게 상당한 도움이 됐다. 세상에 알려진 성공한 기업들과 실패한 기업들의 사례들은 우리 회사와 업종은 달라도 회사 경영에 충분히 도움이 될 만한 내용이었다. 나는 작지만 훌륭한 회사를 만들고 싶은 욕망이 있었기에 경영 지식을 배우는 데 많은 시간을 들였다. 기업 연혁이 30년이 다 되어 가는 지금도 여전히 나는 읽고 듣고 배운다. 이 시간이 즐겁다. 그러나 나는 정말 중요한 것을 잊고 있었다. 그것을 사업의 위기와 고난을 만나고서야 깊이 깨달았다. 그건 마음과 생각이었다. 지식이 아무리 출중해도 마음과 생각이 바르지 않고 옳은 방향을 향하고 있지 않으면 위험한 길, 멸망의 길로 갈 수 있다는 성경 말씀을 많이 들었는데도 사업에 적용하지 못했다. 신앙을 나의 개인적인 생활에만 적용했을 뿐, 사업에도 똑같이 적용해야 한다고는 미처 생각하지 못했다.

마음과 생각은 집의 기초라는 걸 불현듯 강하게 깨닫게 됐다. 집은 인생이 될 수 있고, 가정이 될 수도 있고, 기업이 될 수도 있을 것이다. 모래 위에 지은 집을 사상누각이라는 말로 교훈한다. 기초가 튼튼하지 않고 믿을 만하지 못하면 아무리 웅장하고 아름다운 저택이라도 쉽게 무너진다는 교훈은 너무나 상식적인 것인데도 간과하는 사람들이 많다. 나 또한 그랬다. 신제품을 개발하여 매출을 늘리고 사업을 확장하여 성공적인 기업으로 성장시키고 싶다는 생각만 했다. 밝은 미래를 준비하려면 시장에서 원하는 제품을 적기에 개발하여 마케팅을 잘하고 경영 전략을 잘 수립해서 매출을 확장하고 이익을 늘려 가야 한다는 생각에 매달려 있었다. 그래서 지식을 습득하기 위해 노력했다. 나는 그렇게 경영을 했고 신제품도 만들어 팔았다. 그러나 결과는 좋지 않았다. 재정적인 어려움도 겪었다. 예측 못 한 시련도 겪었다.

시련을 겪으면서 불안했고 두려웠다. 나 스스로 수습할 수 없다는 절망스러운 마음이 들어 기도하고 있던 교회 기도실에 쓰여 있는 성경 구절 "아무것도 염려하지 말고 다만 모든 일에 기도와 간구로 너희 구할 것을 감사함으로 하나님께 아뢰라. 그리하면 모든 지각에 뛰어난 하나님의 평강이 그리스도 예수 안에서 너희 마음과 생각을 지키시리라."라는 구절을 보게 됐다. 익히 잘 알고 있는 말씀인데도 그때만큼 절실하게 마음에 와닿은 적이 없었다. 이 구절을 내가 먼저 행해야 할 순서대로 읽어 보면, "나의 마음과 생각을 그리스도 예수 안에서 지키면 하나님의 평강이 내 안에 임하고 내가 구할 것을 감사하는 마음으로 기도하게 된다. 그러면 주님을 믿고 아무것도 염려하지 않게 되는 은혜가 임한다."라고 읽힌다. 이 구절을 생각하면서 하나님이 우리를 지켜 주신다는 마음과 생각을 우리 회사에 적용하기 시작했다.

우선 우리 회사에 대한 정체성을 확실히 하게 됐다. 1992년에 창립한 이 회사는 하나님이 세워 주신 기업이다. 이 회사의 주인은 하나님이시다. 나는 하나님께 최고경영자로 위임받은 사람이다. 그러므로 나는 하나님이 허락하실 때까지 회사에 대한 책임을 다한다. 우리 회사 직원들은 하나님이 보내 주시는 사람들이다. 그러므로 나는 직원들을 존중하고 사랑하고 보살핀다. 나는 우리 회사를 일터요, 성장 터요, 배움터요, 사랑 터라고 말한다. 하나님이 바라시는 사람의 모습은 예수님의 성품을 닮아 가도록 성장하는 것이다. 하나님은 모든 사람을 똑같이 사랑하시기에 우리 회사에서 어떤 지위에 있든지 똑같이 평등하게 대하고 존중한다. 최고경영자나 화장실 청소를 하는 직원이나 하는 일이 다를 뿐이지 신분의 차이는 없다. 나는 그렇게 직원들을 대하고 존중한다. 우리 회사 직원은 아니지만, 외부 용역으로 고용되는 사내 식당의 직원들도 우리 직원들이 먹을 음식을 만들어 주는 분들이기에 우리 직원같이 여긴다.

나뿐 아니라, 우리 회사 직원들의 마음과 생각이 건강해지고 성숙해지도록 노력한다. 몇 년 전에 '좋은 생각'을 주제로 글을 써 보도록 했다. 강제하지 않았으니 몇 명의 직원이 쓸까 하는 마음으로 크게 기대하지 않았는데 전 직원이 제출했다. 제출한 건수뿐 아니라 감동되는 글들이 많았다. 어느 부서는 부서원들의 짧은 글들을 모아 꽃무늬 예쁜 액자로 만들어 제출했다. 직원들의 투표로 좋은 글로 선정된 1, 2, 3등에게는 작은 상금을 시상한다는 말은 했으나 이 정도로 적극적으로 참여할 줄은 기대하지 않았다. 회사 식당 앞 벽면에 출품된 모든 글을 게시했다. 그리고 나는 직원들이 제출한 모든 글이 고맙고 소중해서 하나하나 카메라에 담았다. 그 글들은 몇 년이 지난 지금도 여전히 회사 벽면에 부착되어 있다. 소중하기 때문에 떼어 낼 수가 없었고 가끔 다시 볼 때마다 직원들의 사랑스러운 마음을 알 수 있어서 즐겁다. 일하는 모습만 보다가 한 사람, 한 사람의 예쁜 마음을 볼 수 있어서 계속 보고 싶기 때문이다.

'좋은 생각'이라는 글을 보면서 '마음 가꾸기'를 시작했다. 매달 자기 마음과 생각을 생각해 보면 좋겠다는 마음이 들어서 내가 직접 기도하면서 글을 만들고 행복한 경영 추진 팀장을 맡은 직원에게 포스터를 만들게 한다. 대부분 마음의 여유 없이 분주하고 빠듯한 직장 생활을 하는 직원들이다. 회사가 직원들을 부자로 만들어 주기는 어렵지만, 일상이 끊임없이 이어지는 삶 속에서 더 많은 감사를 찾을 수 있다면 얼마나 좋을까 하는 생각이 들었다. 자기 마음을 적절히 조절하고 생각을 잘 가다듬을 수 있다면 삶의 질이 좋아질 테니 얼마나 기쁜 일인가. 근무 시간을 줄이고 최저임금을 높여서 워라밸이 지켜지고 삶의 질이 높아진다면 얼마나 좋겠는가. 물론 이것도 바람직하지만, 마음과 생각이 잘 가꾸어지지 않으면 진정한 워라밸과 웰빙이 어찌 되겠는가.

3월의 마음 가꾸기는 '비움' 이었다.

과한 욕심을 비우세요.

불만을 비우세요.

비운 만큼 삶이 가벼워집니다.

12월의 마음 가꾸기는 '정성' 이었다.

진실한 마음

성실한 마음

두 마음을 잊지 마세요.

축복받는 마음이거든요.

생각과 말 그리고 글

생각이 인생을 만든다. 생각하는 대로 삶을 산다. 이 말에 공감하지 않을 사람은 아마도 없으리라 생각한다. 이 이유 하나만으로도 생각은 귀하다. 무슨 생각을 하고 어떤 생각을 하면서 살아야 하는지 중요하다. 나는 이 생각을 잘못해서 시련을 겪은 일도 많다. 지금도 여전히 미숙하다. 나의 삶에 하나님이 동행하시지 않았다면 여전히 방향을 못 잡고 세상에서 들려오는 혼잡한 소리에 팔랑 귀를 쫑긋거리면서 살았을 것이다. 혼잡한 소리에는 나의 욕망을 부추기는 소리도 있고, 게으른 편안함을 부추기는 소리도 있다. 이런 생각들이 나의 삶을 옳은 길로 인도할 리가 없다는 걸 하나님이 깨닫게 하셨다. 일을 하면서 깨달은 것이 있다. 모든 일에는 기준이 있다는 것이다. 제품을 만들 때 「작업기준서」가 있고, 품질을 검사할 때 「품질기준서」가 있다. 그 기준에 맞도록 제품을 만들면 그 제품은 좋은 제품이 된다. 서비스업에도 고객 대응 매뉴얼이 있고, 음식점에도 주방 관리 지침이 있다. 이 매뉴얼과 지침을 준수해야 고객이 서비스에 만족할 수 있고, 위생적인 음식을 제공할 수 있다. 이런 기준과 매뉴얼을 준수하는 기업은 신뢰를 얻고 성공하게 된다.

사람도 신뢰를 얻는 좋은 사람이 되려면 좋은 생각을 해야 한다. 좋은 생각을 하려면 확실하고 정확한 기준이 있어야 한다. 그 기준에 나를 빗대어 봐야 한다. 내 생각이 옳은지 그른지를 분간해 봐야 한다. 이런 훈련이 반복되면 그 기준대로 생각하게 된다. 운동선수가 반복되는 훈련과 연습을 하면 몸이 기억하는 단계가 오듯이, 생각의 기준이 되는 성경을 읽고 성경에 맞춰서 내 생각을 수정해 나가면 내 생각이 하나님 생각을 따라가는 은혜를 체험하게 된다. 나와 생각이 같은 사람을 만나면 공감이 되고 친밀해지듯이 내 생각이 하나님의 생각을 닮아 가면 하나님의 말씀을 읽으면서 공감과 감동이 되지 않겠나. 얼마나 큰 은혜이고 축복인가. 보잘것없던 내가 온 우주를 창조하시고 전지전능하신 하나님의 생각을 따라 할 수 있다는 이 놀라운 은혜를 생각만 해도 감격하게 된다. 운동선수가 은퇴한 후에 꾸준히 훈련하지 않으면 기억했던 운동 근육이 감퇴한다는 사실도 기억해야 한다. 하나님의 말씀을 평생 읽고 매일 읽으면서 삶으로 살아 내는 훈련을 게을리하면 우리의 생각도 하나님의 생각에서 순식간에 어긋날 수 있다는 걸 나는 체험으로 체득했다.

지난 고난의 길에서 내가 행했던 잘못들이 컸다. 그래서 더 큰 시련을 겪었다. 그때 하나님의 생각을 구하지 않고 독단적으로 생각해서 행했던 잘못들이 컸다. 하나님의 생각을 구했다면 좀 더 지혜롭게 대처했을 텐데 우둔하고 탐욕스러웠던 나의 모습을 떠올리면 한없이 부끄러워지고 후회가 된다. 그래도 감사한 것은 이런 잘못과 고난을 통해서 나를 축복의 길로 인도하셨기 때문이다. 날마다 성경을 가까이

하고 하나님의 생각을 읽으려고 하는 이유다.

삶은 힘든 여정이다. 삶을 살기가 너무나 평안하다는 사람을 만나보지 못했다. 누구나 자기 인생에서 고난의 시기가 있다. 나 역시 고통스러운 길을 많이 걸었다. 하나님의 말씀을 모르고 살 때는 더욱 힘든 삶을 살았다. 많은 시련이 나로 인해 발생한 일이었다고 생각한다. 어쩔 수 없는 고난을 만났다고 할 수 있지만, 그 상황에 어떤 생각으로 대처하는가에 따라 결과도 달라질 수 있기에 내가 자초한 시련이 많았다고 말하는 것이다. 하나님의 말씀을 깨달아가면서 내 생각이 변해 왔다. 그렇지만 지금도 힘들다. 지금 힘든 이유는 내가 하나님 말씀을 깨닫고 있지만, 여전히 순종하지 못할 때가 있기 때문이다. 하지만 하나님의 생각이 내 생각의 기준이 되었다는 이 사실만으로도 나는 기쁘고 행복하다.

이제 나는 말과 글에 신중해야 한다는 생각을 한다. 생각은 나만의 공간에 머무는 것이지만 내 생각이 말과 글로 표출된 후에는 나의 것이 아니고 듣고 읽는 사람의 것이 되기 때문이다. 듣고 읽는 사람에게 내 생각이 왜곡되지 않도록 표현해야 한다. 듣고 읽는 사람을 배려하고 그들에게 유익이 되는 말과 글이 되어야 한다. 세상의 모든 갈등은 말과 글에서 발생한다. 잘못된 생각으로 표현된 말과 글도 세상을 악하게 할 수 있고, 생각은 바르나 잘못 표현된 말과 글도 세상을 어지럽힐 수 있다. 이미 엎질러진 물처럼 주워 담기 어려운 말과 글을 조심해야 한다는 걸 나 또한 많이 경험했다. 가족에게 허물없이 한 말로 인해 상처를 준 일도 있고, 사업을 하면서 신중하지 못한 말로 오해를 받아 힘들었던 경험도 있다. 반면에 하나님의 생각을 닮은 생각으로 표현된 말과 글로 인해 직원들과 고객에게 감동을 주었던 경험도 많다. 이런 삶을 살면서 나는 확신한다. 하나님의 생각을 따르는 내 생각이 되도록 오늘도 성경을 읽는다. 나의 말과 글의 원천은 생각이고, 생각이 나의 인생을 결정한다는 믿음으로.

"네 마음을 다해 하나님을 믿고 네 지식을 의지하지 마라. 네가 하는 모든 일에서 그분을 인정하여라. 그러면 그분이 네 갈 길을 알려 줄 것이다. 스스로 지혜롭다 생각하지 말고 하나님을 두려워하며 섬기고 악에서 떠나거라(잠 3:5-7)."

나의 경영관

회사를 방문한 손님이 "요즘 코로나로 인해 사업하시기가 어렵다고 하는데 좀 어떠세요?"하고 물었다. "네, 저희도 예외 없이 큰 어려움을 겪었습니다. 하지만 지금은 조금씩 회복하는 중입니다. 그런데요 생각해 보면 지난 30년 가깝게 사업하면서 이런 일들을 여러 차례 겪었습니다. 그때는 정말 힘들었는데 다 지나가더군요. 감사하지요." 이렇게 말하고 나서 나도 모르게 "사업이 참 재미있습니다."라고 말을 이었다. 앞서 사업이 어렵다는 말에 공감하던 손님은 사업이 재미있다고 말하는 나에게 약간 놀란 눈치다. 그리곤 "재미있다고 하시니 대단하십니다."라고 덧붙인다.

그렇다. 나는 사업이 재미있어졌다. 매사가 마냥 즐겁다는 말이 아니다. 최근까지도 나는 일을 가능한 한 빨리 내려놓고 싶었다. 직장 생활을 포함하면 제조업 분야에서 45년을 일했다. 힘든 일들을 생각하면 이젠 좀 쉬고 싶었다. 그러나 마음이 달라졌다. 하나님이 허락하신 기업인데 내 마음대로 그만둘 수는 없다는 생각이 번쩍하고 들었기 때문이다. 순간 뇌리를 스친 생각인데 내 마음을 완전히 바꿔 놓았다. 하나님이 "이제 그만해도 된다."라고 하실 때까지 내가 할 일을 신실하게 하는 것이 나에게 맡겨진 사명임을 알았다. 돈을 버는 것이 우선이 아니라, 함께 일하는 직원들과 서로 사랑하고 협력해서 회사를 성장시키고 사회에 선한 영향력을 끼치는 일을 우선으로 할 일들을 생각하니 사업이 재미있다는 말이 불쑥 나온 것이다.

'기업을 경영하는 경영자는 어떤 마음으로 회사를 경영해야 할까?' 나 자신에게 질문한다. 이 질문을 오랜 시간 동안 했다. 적확한 답을 찾기가 어려웠다. 이 땅의 수많은 경영자에게 이 질문을 던지면 여러 가지 다른 답이 나오리라 생각한다. 그들의 경영관이 다를 것이지만 특별히 틀렸다고 말할 수 있는 경영관은 없을 것 같다. 각자의 기업을 각자가 생각하는 대로 경영해서 성공하면 훌륭한 경영자가 되는 것이니 말이다. 기업은 고객이 그 기업의 제품이나 서비스를 구매하도록 만들어 돈을 버는 조직이다. 이 점에서는 우리 회사도 다른 회사와 다르지 않다. 수익을 창출해야 하고, 지속 성장하는 기업이 되어 고객에게 믿음을 주고 유익을 줄 수 있는 기업이 되도록 전 임직원이 함께 노력해야 한다.

나의 경영관은 나의 회사를 결정하는 핵심이라고 생각해왔다. 나의 인생 가치관이 나의 인생을 결정하는 핵심인 것과 다를 것 없다. 그래서 나의 경영관을 정립하고 확고한 신념을 가지고 회사를 경영하리라 다짐을 한다. 나의 인생관이나 경영관에는 뿌리가 있다. 나의 뿌리는 성경이다. 성경 말씀들이 내 인생을 지지해 주는 뿌리이고, 갈 길의 향방을 알려 주는 나침반인 것을 나는 믿는다. 그러므로 내 삶 속

모든 영역의 기준은 성경이 될 수 있다고 확신하는 것이다. 내 경영관의 뿌리는 보이지 않겠지만 땅 위로 뻗는 가지와 열매를 보고 사람들은 알리라.

내가 창업했지만 내가 세운 회사라고 생각하지 않는다. 처음에는 아니었다. 창업한 회사가 잘 되니 교만해졌다. 교만의 결과는 처참했다. 그리고 회개했다. 다시 일으켜 주셨다. 그제야 깨달았다. 하지만, 내가 키운 회사라는 의식을 내 몸에서 빼내는데 시간이 꽤 걸렸다. 지금도 완전히 빠졌다고 생각하지 않는다. 애굽 땅에서 노예살이하던 이스라엘 민족을 해방하라는 하나님의 명령을 듣지 않았던 바로 왕같이 여러 번 시련을 겪으면서도 내 생각을 내려놓지 못했었다.

중소기업이 대기업의 물질적인 혜택을 따라갈 수는 없다. 하지만 인생에서 가장 중요한 마음과 영혼을 건강하게 하는 양식은 풍성하게 줄 수 있다고 믿는다. 서로 사랑을 주고받는 기업, 서로 신뢰하는 기업, 내면이 함께 성장하는 기업이 되어 세상에 선한 영향력을 끼치는 기업이 되기를 바란다.

하나님이 허락하시는 그날까지!

VISION 경영

오래전, 한 개그 프로그램에서 유행시킨 유행어가 있었다. '1등만 기억하는 세상'이다. 1등만 관심을 받고 보통 사람들은 소외당하는 세상 아니냐는 자조 섞인 말이었다. 올림픽에서도 금메달리스트는 오랫동안 기억하지만, 은메달이나 동메달리스트는 잘 기억하지 않는 걸 보면 고개가 끄덕여지기도 한다. 하지만, 도쿄올림픽에서 4위를 한 여자 배구팀은 다른 어떤 종목보다 국민의 성원과 사랑을 한 몸에 받았다. 비록 메달은 못 땄지만, 강팀들과 만나 사력을 다해 경기에 임한 선수들을 보며 크게 감동했다. 마치 2002년 월드컵의 4강 신화를 보는 듯했다. 선수들의 목표는 금메달이다. 비록 경기력이 객관적으로 최고는 아닐지라도, 올림픽에 출전하는 모든 선수의 목표는 금메달일 것이다. 금메달을 따기 위해 전력을 분석하고 경기력을 최고로 끌어올리기 위해 최선의 노력을 하는 선수들이 올림픽에 출전하는 국가대표 선수들이다.

우리 회사의 비전은 '최고의 믿음을 주는 기업', '최고로 사랑받는 기업', '세계인이 감동하는 기업'이다. 기업을 경영하는 경영자는 최고를 추구해야 한다는 것이 나의 생각이다. 무한 경쟁 시대인 이 사회에서, 영위하고 있는 사업 영역에서 최고의 기업 경쟁력을 갖추지 못하면 불안할 수밖에 없는 현실이다. 국제화 시대에서 고객들의 구매 영역은 넓다. 국내만 한정하지 않는다. 인터넷이 연결된 국가면 모든 거래가 가능한 시대다. 구매자는 최고의 제품을 구매하길 원하고 최고의 기업과 거래하고 싶어 한다. 물론 2등이나 3등 기업도 존재한다. 그러나 최고 기업이 차지하는 점유율을 제외하면 작은 시장을 놓고 치열하게 경쟁해야 하고 수익 경쟁력도 많이 떨어질 수밖에 없다. 최고를 지향해야 하는 이유다.

최고 기업이 된다는 의미는 최고 인재들이 구성원이 되어야 한다는 의미다. 기업을 구성하는 직원들의 수준이 곧, 기업의 수준이다. 최고의 인재를 채용하면 좋겠지만 현실적으로 쉽지 않다. 그러나 현재 구성원들이 회사 비전을 공유하고 각자 최고 인재가 되기 위해 최선을 다한다면 충분히 가능하다고 믿는다. 우리 회사 아이템을 만들고 경영하는 우리 구성원들은 우리 회사 제품에 관해 모두 전문가다. 각 분야에서 우리 제품을 위해 오랜 시간 근무하며 제품에 대한 지식과 업무적인 부분에서 베테랑들이다. 우리 아이템을 다루는 구성원들이 최고가 될 수 있는 이유는 충분하다. 문제는 각자의 분야에서 최고가 되겠다는 마음의 열정이고, 배움에 대한 갈증이고, 최고를 향한 도전 의식이다. 기업을 경영하는 최고경영자로서 구성원들의 마음경영이 필요하다고 생각하는 이유다. 여기에서 '최고'란 업무나 기능, 기술 능력의 최고만을 뜻하지 않는다. 성품도 최고의 가치다. 회사에서 필요한 업무 능력이나 기능, 기술 능력을 갖추는 것은 사회적 생존과 성공을 위해 필요한 능력이다. 하지만 성품이 온전하지 못하면 인생의 불행을 자초할 수 있다. 하나님이 말씀하시는 성품의 최고 가치는 성령의 9가지 열매라고 할 수 있다. 성경에서 말하는 하나님의 영이 성령이고 그 성령은 하나님의 성품을 의미하는 것이기 때문이다.

> "오직 성령의 열매는 사랑과 희락과 화평과 오래 참음과 자비와 양
> 선과 충성과 온유와 절제니 이 같은 것을 금지할 법이 없느니라(갈
> 5:22-23)."

좋은 성품의 소유자는 최고를 향해 최선을 다한다. 속한 조직과 자기 자신을 위해. 그것이 하나님을 영광스럽게 하는 태도이기 때문이다. 이 같은 성품과 태도로 최선을 다하는 구성원들이 합력하면 최고의 선을 이루게 된다. 나는 이 같은 일이 일어나도록 할 것이다. 우리 큐비에스의 비전인 '최고의 믿음을 주는 기업', '최고로 사랑받는 기업', '세계인이 감동하는 기업'으로 성장하도록.

Chapter 3

삶을 노래하다

감사가 감사를 부른다

감사는 행복한 삶을 만든다. 감사를 많이 할수록 더 행복해지기 때문이다. 그럼 감사는 어떨 때 하게 될까? 아이들이 감사하는 걸 생각해 보자. 맛있는 것을 주거나 좋아하는 장난감 같은 것을 줄 때 아이들은 고맙다고 한다. 용돈을 줄 때도 "감사합니다." 한다. 이런 경우는 어른들도 마찬가지다. 식사를 대접받거나 좋아하는 선물을 받거나 필요할 때 도움받게 되면 당연한 감사를 하게 된다. 그런데 물질을 받는 것에서 오는 감사는 여운이 오래 남지 않는다는 걸 알았다. 그래서 조금 다른 측면의 감사를 생각해 봤다. 내 마음이 우울할 때 진심이 담긴 위로를 건넨 사람은 오래 생각나고 고맙게 느껴졌다. 나를 좋아해 주고 애정 어린 관심을 가져 주는 사람에 대한 감사도 오래간다. 내 마음에 감사하는 마음이 오래 머물러 있다는 건 행복한 마음이 오래도록 지속한다는 말이다.

두 번째 측면의 감사는 남들의 호의와 배려에 대한 것이다. 사람들 간에 이런 감사가 많아지면 좋겠다. 또 다른 감사는 당연한 것 같은 것들에 대한 감사다. 이를테면 공기, 길가의 나무와 꽃들, 물, 숲 같은 자연에 대한 감사다. 자연을 벗어나서는 잠시도 살 수 없는 인간의 존재를 인식하자면 감사하지 않을 수 없다. 생계유지와 사회적 성공을 위한 우리 삶은 바쁘다. 목표를 향해서 날마다 좌우를 살피지 않고 내달리는 듯하다. 사람들과의 관계로 인한 갈등도 생긴다. 그러다 보니 감사가 메말라 간다. 메마른 논이 갈라지듯이 사람들 마음도 갈라진다. 마음이 갈라지니 행복하지 않다. 정작 사람들은 행복하게 살기를 원하면서도 행복한 삶을 살기 위해 필요한 감사를 스스로 외면하는 것은 아닌지……. "감사할 것이 있어야 감사하지." 하는 사람도 있을 것이다. 이해가 간다. 나 역시 감사를 모르고 살 때가 있었다.

하루하루 살아 내는 것만 해도 벅찼다. 어려운 가정 살림을 걱정하며 살아야 했다. 월세와 대출금 이자 내는 날은 왜 그렇게 빨리 다가오던지. 적은 월급으로 언제 대출금을 갚을 수 있을는지 까마득하기만 했다. 돈 쓸 곳은 많은데 수입은 달랑 적은 월급뿐이니 한숨만 나왔다. 직장은 또 어떤 곳인가? 일을 마치고 늦은 밤에 귀가한 다음 날도 이른 아침부터 출근 준비하는 시간이 얼마나 바쁜가. 출근길 교통지옥 구간을 힘겹게 통과하여 도착한 회사엔 날마다 해야 할 일이 산적해 있지 않나. 목표를 달성해야 하고, 회사 내부 직원들과 업무 때문에 생기는 갈등에 힘들어할 때도 있고, 회사 일로 연결된 외부 사람들과의 일이 잘 풀리지 않아 겪는 스트레스는 우리를 얼마나 힘들게 하나. 회사 일이 많지 않으면 불안하고, 눈치 보이고, 회사 일이 많으면 몸과 마음이 힘들다. 창업해서 겪는 어려움은 더 크다. 사정이 이러하니 감사를 느낄 겨를도 없고 감사는 경제적으로 자신보다 여유 있는 사람들의 단어라고 생각한다. 과연 그럴까?

꼭 그렇지는 않은 것 같다. 우리 회사에서 느낀 소회를 밝힌다. 최저임금을 겨우 넘는 급여를 받는 직원들도 있고, 상대적으로 급여를 많이 받는 임직원들도 있지만 작은 중소기업 직원들의 급여는 큰 기업에 비해 많지 않다. 그런데도 맡은 일에 모두 열심히 일해 주는 고마운 사람들이다. 직원들에게 감사한 마음을 담아 가끔 작은 보답을 한다. 최근에 점심 식사 때 직원들을 위해 회를 대접했다. 내 회갑 생일을 며칠 앞두고 아내가 "직원들에게 당신 회갑을 밝히지 말고 회를 대접하면 어떨까요?" 물었다. 나는 1초도 망설이지 않고 "당신 말대로 합시다."라고 했다. 회사 근처에 있는 연안부두 어시장에 부탁해 놓은 광어회 100인분을 가져와 싱싱한 채소와 함께 준비해 놓았다. 점심시간을 알리는 벨 소리와 함께 구내식당에 들어온 직원들이 함성을 질렀다. "와! 회다!", "오늘 무슨 날인가?"

직원들은 영문을 몰랐지만 정말 맛있게 회를 먹었다. 나와 아내는 직원들이 즐겁고 맛있게 회를 먹어 준 것도 고맙고 양도 모자라지 않아 다행이라는 생각을 했다. 마주치는 직원마다 감사하다는 말을 해 줘서 마음이 뿌듯했다. 회를 대접한 일로 감동한 일화를 소개하고 싶다. 회사 사무실과 화장실 청소를 하시는 촉탁직 여직원 한 분, 그리고 제품 부속품을 정리하는 촉탁직 여직원 한 분과, 회사 구내식당에 파견된 외부 직원 한 분, 이렇게 세 분이 30만 원을 모아서 관리 이사인 아내에게 "사장님 회갑이신 걸 알았어요. 두 분이 좋은 식당에 가셔서 행복한 시간 보내세요. 늘 저희와 직원들을 따듯하게 챙겨 주시는 두 분께 드리는 작은 감사의 표시입니다."라고 말하면서 주셨다. 가슴께가 찌릿한 것을 느끼며 깊게 감동했다. 이 세 분은 최저임금을 받으시는 분들이다. 그분들에겐 큰돈이다. 내 생일을 아셨다 하더라도 대다수 모르는 직원들처럼 그냥 지나가도 될 일이었다. 그런데 그분들은 감사의 표현을 그렇게 하셨다. 부담이 되었지만 세 분의 마음을 감사히 받는 것이 그분들에게 기쁨이 될 것 같았다. 이분들의 감사야말로 참된 감사다. 형편이 어려운 가운데서도 감사를 표현하는 이분들은 축복받을 삶이 될 것이다.

관리부 여직원 둘이 무엇인가 들고 내 집무실에 들어왔다. 6개의 양초가 불을 밝힌 케이크와 꽃이었다. 그리곤 노래를 불러 줬다. "생신 축하합니다, 생신 축하합니다, 사랑하는…" 깜짝 이벤트 축하를 받고 살짝 울컥했다. 고마웠다. 직원들에게 감사를 표한다고 하지만 정작 내가 받은 감동이 더 많다. 그냥 고맙다고 강화도 호박고구마 한 박스를 보내 주신 분도 있고, 사과 한 박스를 택배로 보내 주신 분도 있고, 본인이 쓰는 치약인데 잇몸에 좋은 것 같아 드린다면서 치약 한 박스를 사 주신 분이 있고, 아들이 생산하는 거라고 노니 분말을 주시면서 정성스럽게 손글씨로 쓴 감사의 편지를 전해 주신 분도 있고, 네 잎 클로버를 찾았다면서 행운이 있길 바란다면서 살며시 건네주는 분도 있다. 이 지면에 다 적을 수 없지만 감사를 말해 주는 직원분들이 고맙다.

이 감동을 계기로 생각해 봤다. "누가 더 감사하는가?", "경제적으로 더 여유 있는 사람들인가?", "사회나 조직으로부터 더 많이 혜택받은 사람들인가?" 상대적으로 경제력이 있고 사회적 위치가 높은 사람들은 감사하는 마음이 더 클 것 같지만 꼭 그렇진 않은 것 같다. 오히려 마음이 교만한 사람들을 많이 보게 된다. 자신의 능력으로 성취한 것이라고 여기기 때문이다. 자신의 노력과 능력으로 사회적인 인정을 받고 명예와 권력을 얻게 되고 부까지 취득한 것이라는 생각을 하는 것이다. 이 점을 나는 인정한다. 남들이 부러워하는 수준의 삶을 사는 사람들의 노력과 능력은 남다른 점이 분명히 있다고 믿는다. 노블레스 오블리주(Noblesse Oblige)는 사회적 지위와 명성 그리고 부까지 갖춘 사람들에게 요구한다. 사회적 책임과 도덕적 의무를 지고 사회적 약자층이나 경제적 도움이 필요한 사람들을 돕는 책임이다. 그러나 어떤 의무감이나 책임감으로 해야 하는 일들은 기쁨이 적다. 오히려 자발적인 마음이 우러나 노블레스 오블리주를 실천한다면 기쁨이 훨씬 클 것이다. 행복감이 충만할 것이다. 그러면 이런 마음이 어떻게 우러나올 수 있는가. 감사가 답이다. 자신의 노력과 능력으로 자신의 부와 명성을 얻었다고 믿는다면 감사하는 마음을 갖기 어렵다. 자신의 노력과 능력이 있었더라도 주변 사람들의 도움과 사회적인 환경의 도움과 행운이 없었다면 오늘의 자신이 없었을 것이라는 마음을 갖는 것이 감사의 시작이다. 이 감사가 느껴질 때 주변 사람들에게 고마운 마음을 갖게 된다. 사회적인 약자의 위치에 있는 사람들에게 관심을 갖게 된다. 감사가 또 다른 감사를 불러온다. 감사가 이어지는 삶이 행복하지 않겠는가? 감사하는 사람이나 감사를 받는 사람이나 동일하게 행복할 것이다.

주변 사람들에게 고마운 마음을 갖고 관심을 가지면 순간순간 감사할 생각이 난다. 최근에도 불현듯 직원들 생각이 났다. 겨울이 오면 손이 차다. 차가워져서 악수하는 것이 꺼려질 정도다. 또 추운 겨울이 왔다. "무엇으로 손을 따뜻하게 할까?", "손을 따뜻하게 할 수 있는 좋은 방법은 없을까?" 고민하는 중에 손난로가 불쑥 생각났다. 한 개를 샀다. 이내 직원들을 떠올렸다. '우리 직원들도 출퇴근할 때 춥겠지? 이 손난로를 가지고 다니면 따뜻하게 다닐 텐데….' 하는 마음이 들었다. 그래서 지체 없이 손난로를 주문했고, 회사 로고와 우리 사훈인 '서로 사랑'을 인쇄한 손난로가 우리 직원들 손과 손에 들려졌다. 회사 현장을 순회하는데 "사장님 사랑해요!", "다시 태어나도 우리 회사 다니고 싶어요!", "사장님은 우리 직원들에게 너무 잘해 주시는 것 같아요!" 큰돈을 쓴 것도 아닌데 직원들에게 황홀한 칭찬을 받으니 보람 있고 행복했다. 사업의 현장은 경쟁사와 전쟁을 치르는 전쟁터로 비유되기도 한다. 입술이 바짝 마르는 긴장의 연속일 때도 많다. 이런 사업을 하는 사람으로 직원들에게 이렇게 감동하고 행복할 수 있는가. 서로 감사하는 마음으로 오래오래 사업하고 싶다.

직원들에게 감사 일기를 써보도록 권유했다. 늘 바쁜 삶을 사는 우리지만 감사할 것이 많을수록 삶이 평안하고 풍요로워지니 써 보라고 했다. 사실 작년에 100가지 감사를 써 보도록 했는데 한 사람도 빠짐

없이 모두 다 완수했기 때문에 어느 정도 기대는 했지만, 생각보다 많은 사람이 하겠다고 했다. 하루에 다섯 가지 감사를 100일에 걸쳐 쓰도록 만들어진 감사 노트를 사 드렸다. 쉽지 않은 일인데도 대다수 직원이 100일을 채웠다. 나는 100일을 채우지 못했다. 대단한 직원들이었다. 100일 감사 일기를 써서 제출한 직원들에게 가족 식사권을 드렸다. 제출한 내용 대부분이 가족들에 대한 감사였기에 서로 감사를 나누며 즐거운 식사 시간을 갖기 바라서였다. 매일 일기 쓰는 것이 모두 처음이었다고 한다. 하지만 감사의 내용은 진솔했고 감사의 내용도 날짜가 거듭될수록 많아졌다. 100일째 일기에 많은 분이 공통으로 쓴 내용이 있다. "100일 동안 감사 일기 쓰는 일이 처음엔 어려웠는데 쓰면서 감사할 것이 이렇게 많은 줄 몰랐어요.", "평소엔 당연하게 생각된 일들에 감사할 것이 많다는 걸 알았어요.", "가족들 한 사람, 한 사람이 참 소중하고 감사함을 깨달았어요.", "100일에 만족하지 말고 앞으로도 계속 감사 일기를 써야겠어요."

얼마나 감사한 일인가! 직원들이 쓴 100일 감사 일기 중에 지면이 좁아 별지를 첨부해서 쓴 특별한 감사 글이 있어 옮긴다.

점심시간에 회사에서 베풀어 주신 깜짝 이벤트에 감사를 드린다. 점심시간에 회를 제공해주신 것이다. 있을 수 없는 일이 우리 회사에서 일어난 것이다. 회를 점심시간에 그것도 푸짐하게 주신 것이다. 우리는 주신 것이기에 밥보다 회를 먼저 맛있게 잘 먹었는데 무슨 날인가? 무슨 축하해야 할 일인가? 물어는 보았지만, 이사님은 그저 회 먹기에 좋을 때라 드시게 하고 싶어서라고 하셨다. 식사 후 서로가 서로에게 회 잘 먹었냐고 물어보며 즐거워하는 모습들이었다. 어떤 이는 회가 너무 먹고 싶었는데 회를 주셔서 너무 감사하게 잘 먹었다고! 어떤 이는 입맛이 없었는데 회 때문에 맛있게 먹었다고! 어떤 이는 회를 못 먹는데 오늘은 이상하게 맛있다고 하며 드시고! 어떤 이는 와이프가 회를 싫어해서 몇 해 만에 먹어 보는 회라며 맛있게 먹었다고 하셨다. 회사를 여러 곳 다녀 보았지만 이런 회사는 처음 본다고 해서 혹여 나쁜 말이 나올까 봐 조마조마했는데, 회식 자리에서나 먹을까 말까 하는데 점심시간에 회를 주는 회사는 처음 본다며 좋은 회사 같다고 하는 것이었다. 나 또한 며칠 전 남편 친구 모임에서 먹고 왔어도 오늘 먹는 회는 진짜로 맛있었다. 퇴근 후에 남편에게 "여보! 오늘 우리 회사에서 점심에 회를 주어서 맛있게 먹었다?"라고 하자 "그 회사 참 좋은 회사네. 쌀도 주고, 상도 주고, 회도 주고. 사장님께서 사랑이 많으신 분 같다."라고 한다. 나는 복 있는 사람이다. 아니 우리 회사 사람들 모두 복 있는 사람인 게 틀림없어. 오늘도 우리를 행복하게 해 주신 회사 사장님과 모든 분께 감사합니다.

이 글을 읽고 무슨 생각이 들었겠는가. 더 열심히 사업하고 직원들을 존중하고 직원들에게 감사하며 살고 싶다는 생각을 했다. 감사가 감사를 부른다. 틀림없는 진리다.

고생이 희망을 만나면

　사람들은 힘든 삶을 살면서 불행하다고 한다. 행복하지 않다는 것이다. 돈이 없어 힘들고, 집이 없어 힘들고, 직장이 없어 힘들어하는 사람들의 이야기를 들으면 마음이 힘들다. 이뿐이랴. 부모-자식 간에 갈등, 형제나 사회적 인간관계 갈등으로 힘들어하는 사람들, 본인과 가족 건강에 문제가 생겨서 고통스러운 삶을 사는 사람들. 행복할 이유는 단순하지만, 불행할 이유는 천태만상이지 않나.

　KBS 「인간극장」을 시청하다가 눈물이 났다. 다큐멘터리 주인공으로 출연한 사람이 한 말 때문이다. 전라남도 진도에서 아내와 고추 모종을 심던 주인공이 말한다. "우리, 걱정은 가불하지 말자. 일어나지도 않은 일을 앞당겨서 걱정할 필요가 뭐 있나."라고. 그의 말은 이어진다. "매일 힘들고 완전히 절망스러울 때, 저 앞에서 누가 그래요. 여태까지 한평생 같이 온 '희망이'라는 놈이 저 앞에서 '여기까지만 와봐…. 여기까지만 오면 무언가 있을 거야.' 저 앞에 '희망이'를 만나서 부둥켜안고 그동안의 힘듦, 번뇌를 풀었으면 좋겠어요. 올해는 꼭 있을 것 같아요. 저기에 희망이…."

　주인공은, 도시에서 화물차 운전을 오래 했다. 그러다 많은 빚을 지고 절망스러운 삶의 무게를 짊어지고 진도에 왔다. 남편에게 순종하는 착한 아내와 고추도 심고 대파도 심으면서 산다. 이 부부에겐 인천에서 자취하는 두 딸이 있다. 딸네 집에 갔다가 감동의 눈물을 흘린다. 두 딸이 깜짝 선물로 준비한 케이크 위의 글 때문이었다. '다시 태어나도 엄마, 아빠, 딸(하트)' 어느 부모가 이 같은 글에 감동하지 않으랴.

부부는 경제적으로 여유가 없다. 친환경 농업으로 재배하는 자그마한 밭에 심은 농작물이 병충해로 인해 피해를 받으면 당장 먹고살 걱정으로 허탈해하는 부부다. 그래도 부부는 다시 힘을 낸다. 그리고 웃는다. 고추 모종을 심으며 주거니 받거니 대화를 이어가며 즐겁다. 모종을 다 심은 남편은 아내보고 업히라 한다. 남편 등에 힘겹게 업힌 아내와 아내를 업고 힘에 겨운 듯 중심을 못 잡는 남편은 해맑게 웃으며 행복해한다.

남들이 볼 때는 고생스러운 환경으로 보여도 희망을 안고 사는 부부는 그 누구보다 행복해 보인다. 고생이 희망을 만나면 감동이 된다.

나는 누구인가?

자신의 이름이 먼저 떠오를 수도 있겠고 어떤 일을 하는 사람이라는 생각이 날 수도 있겠다. 마치 명함으로 자신을 소개하는 것처럼 말이다. 아니 이것 말고 진짜 자신이 누구인지 자신 있게 말할 수 있을까? 사실 자기 자신이 누구인지 명확히 답을 하기는 어렵다. 우리는 변하고 있는 존재이니까. 갓 태어난 아기는 성장하면서 몸도 변하고 성격도 변하고 생각도 변한다. 몸은 세월이 흐름에 따라 늙어 간다. 그렇지만 생각은 긴 시간을 두고 숙성되기도 하고 고착되기도 한다. 사람의 인생은 생각하는 유형에 따라 행복한 삶과 불행한 삶으로 나누어진다.

"나는 생각 한다. 고로 나는 존재한다."라고 한 프랑스 철학자 데카르트(Rene Descartes, 1596~1650)의 말처럼 사람의 존재는 생각함에 있다고 한다. 그러나 하루에 오만 가지 생각을 한다는 인간의 존재를 어떻게 한마디로 규명할 수 있을까. 아침저녁으로 바뀔 수 있는 생각, 상황에 따라 바뀔 수 있는 생각. 이렇게 사람의 생각이 변화무쌍한데 누군들 자신을 명료하게 정의할 수 있겠는가?

그러나 중요한 진실은 사람은 생각하는 대로 산다는 것이다. 그러니 올바른 삶, 행복한 삶을 살기 위해서는 자신이 어떤 생각을 하고 사는지를 반드시 생각해 봐야 한다. 생각의 개념 안에는 본능이 포함되어 있다. 태어나서 성장하는 과정에서 형성된 무의식도 생각의 개념에 포함된다. 무념무상인 상태가 아니라면 사람은 생각을 한다. 일차적으로는 본능과 무의식으로부터 올라오는 생각이다. 이 생각이 걸러지지 않으면 그대로 표출된다. 그 생각이 말과 행동으로 표현되는 순간들이 그 사람을 정의한다. 그 사람은 누구인가가 결정되는 순간이 된다. 좋지 않은 생각을 한 결과로 인해 사람들과 사회에 해를 끼쳤다면 그 결과에 상응하는 대가를 치르게 된다. 하지만 한 번의 작은 실수가 평생을 좌우하진 않는다. 생각을 의지적으로 바꾼다면 말이다. 우리에게 이러한 기회가 있다는 것이 정말 감사한 일이다. 좋은 생각에서 비롯되어 좋은 말을 하고 좋은 행동을 취하면 좋은 보상을 얻게 되니까 말이다.

우리의 본능은 어쩔 수가 없는 일이다. 우리의 본성에는 사람을 불쌍히 여기는 마음도 있지만, 재물을 탐하고 사람에게 해악을 끼치려고 하는 본성도 있다. 선한 마음과 악한 마음이 공존하기에 중국의 학자였던 순자(荀子)와 맹자(孟子)는 사람의 본성을 전혀 다르게 보았다. 순자는 "사람은 태어날 때부터 이기적이고 손해 보는 것을 싫어하고 남이 잘되는 것을 싫어하고 탐하는 마음이 있다. 만일 사람이 그 본성에 이끌려 행동한다면 반드시 다툼이 일어나고 물의를 일으킨다. 그러나 후천적인 노력으로 사람의 인성은 변화될 수 있다."라고 말했다. "인간의 품성은 원래부터 선하다."라는 맹자의 학설과는 대립한다.

육체의 본능에 대해서 성경은 이렇게 말한다.

"육체의 소욕은 성령을 거스르고 성령은 육체를 거스르나니 이 둘이
서로 대적함으로 너희가 원하는 것을 하지 못하게 하려 함이라. 너
희가 만일 성령의 인도하시는 바가 되면 율법 아래에 있지 아니하
리라. 육체의 일은 분명하니 곧 음행과 더러운 것과 호색과 우상숭
배와 주술과 원수 맺는 것과 분쟁과 시기와 분 냄과 당 짓는 것과
분열함과 이단과 투기와 술 취함과 방탕함과 또 그와 같은 것들이
라(갈 5:17-21)."

하지만 하나님의 성령에 이끌려 살아가는 삶에는 그 열매가 나타난
다고 했다.

"오직 성령의 열매는 사랑과 희락과 화평과 오래 참음과 자비와 양
선과 충성과 온유와 절제니 이 같은 것을 금지할 법이 없느니라(갈
5:22-23)."

우리의 바람은 선한 삶을 사는 것이다. 선한 삶으로 성공적이고 행
복한 삶을 살고자 하는 것은 우리 모두의 소망일 것이다. 악한 본성
과 오랜 세월 동안 잘못 형성된 무의식을 자세히 보아야 한다. 지금까
지 살아온 삶이 어떠했든 우리의 삶은 변할 수 있다. 날마다 변화할

기회가 있다. 지금 바로 마음을 활짝 열고 그 기회를 받아들인다면 말이다. 우리에게 찾아오는 하루는 그래서 귀한 시간이다. 하지만 조급해하지는 말아야겠다. 시작은 언제나 미약할 수밖에 없지 않은가. 태산도 티끌 같은 먼지들이 만드는 것이고, 20m가 넘는 키를 자랑하는 참나무도 작은 도토리 한 알이 자란 것이다.

알리바바 그룹 회장인 마윈이 "인생은 리허설이 없고 매일이 전부 생방송이다."라고 말한 것처럼 우리가 살고 있는 매 순간은 현재다. 과거도 아니고 미래도 아닌 지금 말이다. 지나온 과거에 연연하지 않고 지금 그 자리에서 최선을 다하는 삶은 밝은 미래를 여는 유일한 방법이다. 오늘 주어진 삶에 최선을 다하는 수고는 근거 없는 불안을 떨치고 평안을 안겨 줄 것이다. 나는 누구인가? 지금 생각하고 행동하고 있는 지금 나의 모습이다.

"내가 누구이기를 바라는가?"

나는 오늘도 생각한다.

나의 길

난 나대로 살았다. 내 방식대로 살았다. 실수도 잦았고 잘못도 했지만 잘 살아 보려고 했다. 누구나 자기 인생을 사는 거다. 그런데 자기 인생이라고 자기 마음대로 기분 내키는 대로 살면 인생이 엉망이 된다는 데 문제가 있다. 뭔가 진리가 있을 것이라는 생각을 했다. 좋은 삶을 살기 위한 어떤 원칙이 있을 것이라는 생각이 들었다. 흔들리는 삶의 중심을 잡아주는 그 무엇이 있을 것이라는 믿음이 생겼다. 그것이 뭘까? 하나님과 동행하는 것이 진리라는 걸 알았다. 내 삶의 중심을 잡아 줄 수 있는 분이 하나님이심을 깨달았다.

누구나 길을 걷는다. 인생길이다. 앞에 가는 사람도 있고 뒤에 오는 사람도 있다. 빨리 걷는 사람도 있고 천천히 걷는 사람도 있다. 걷다가 힘들면 걸터앉아 열심히 자기 길을 가는 사람들을 바라보기도 한다. 앞서가는 사람이 더 행복하고 성공한 것은 아닐 것이다. 뒤에 오는 사람이 나보다 못한 사람이 아닐 것이다. 올레길을 걸을 때 앞서거니 뒤서거니 걷지만 우리는 각자 즐겁다. 앞서가거나 빨리 걷는 것으로 행복과 성공 순위를 정하지 않는다. 누가 빨리 달리는 가로 행복과 성공 순위를 정하는 것은 운동 경기뿐이다. 인생은 아니다. 각자의 속

도와 체력으로 하루 길을 걷는 것이다. 그 하루 길을 매일 걸으며 각자의 인생길을 만들어 가는 것이다.

인생길은 끝이 없는 길 같아 보이지만 끝이 있는 길이다. 내가 걷는 나의 길, 그 길을 걷는 동안 고통도 있고 기쁨도 있다. 그렇다. 그 길이 나의 인생길이다. 힘들 때, 걸어온 길을 뒤 돌아본다. 어느새 이만큼이나 왔다는 생각이 든다. 내가 걸어온 길, 인생길. 스스로 대견하다는 생각을 한다. 힘들었던 길이었지만 여기까지 걸어온 건, 힘들어도 걸어왔기 때문이다. 주저앉지 않고 걸어가니 함께 걷는 사람들이 생겼다. 어릴 적 부모님의 손을 잡고 함께 걷다가, 부모님의 손을 놓고 홀로 걸었다. 어느덧 아내가 함께 걷고 있고 아들 며느리와 손주들이 함께 걷고 있다. 일터에서 함께 일하는 사람들이 동행하고 있다. 혼자만의 인생길이 어느새 함께 걷는 길이 됐다.

뒤늦게 영혼의 눈을 뜨니 예수님이 내 곁에서 동행하고 계신 것을 알았다. 나는 홀로 길을 걸었다. 걷다 보니 예수님이 내 곁에 오셨다. 친절한 분이셨기에 힘들게 길을 걷던 나에게 힘이 되었다. 그분이 예수님이신 줄 몰랐다. 예수님은 말없이 나와 함께 걸어 주셨다. 내가 걷다가 넘어지면 따뜻한 미소를 지어 주시면서 내게 손을 내밀어 일으켜 주셨다. 그분이 누구신지 궁금해졌다. 걸으면서 말씀을 듣다 보니 내 인생을 구원하신 분이셨다. 나를 처음부터 아시고 사랑하는 분이셨다. 이제는 예수님과 동행하지 않고는 홀로 걸어갈 수가 없다.

인생을 살다 보면 나의 힘으로 빨리 성공하고 싶은 욕구가 생긴다. 그래서 홀로 뛰었다. 성공하면 행복할 것 같아 혼자 열심히 뛰었지만 이내 지쳤다. 그리고 깨달았다. 성공의 정의가 잘못된 것을. 하나님을 만나고 나서야 진정한 성공과 행복의 의미를 알게 됐다. 성공은 나의 내면이 성장하는 것이고, 행복은 성취해야 하는 감정이 아니라 날마다 맑은 공기와 물을 찾아 마시는 것과 같다. 매일 깨끗한 공기를 마시고 맑은 물을 마시는 것은 삶의 목적이 아니라 필요한 것이다. 나는 오늘도 진정한 성공과 행복을 얻기 위해 예수님과 함께 걷는다. 내가 걸어가야 할 길을.

내 동생

하나밖에 없는 내 동생을 생각하면 언제나 마음이 짠하다. 지금은 사랑스러운 20대 아들딸과 아내를 두고 성실히 살아가는 듬직한 동생이지만, 부모님이 세상을 떠난 그때 동생의 나이는 고작 17살이었다. 나는 형의 책임을 다하지 못했다. 어린 동생을 좀 더 자상하게 보살피지 못했다. 어린 동생을 부양하라는 이유로 현역 입영을 면제받은 나는 오히려 동생의 덕을 봤다. 동생을 제대로 챙기지도 못했으면서 나는 형이라는 이유로 군 복무 대신에 돈을 벌 수 있었다. 만약 그때, 직장 대신 군대에 갔다면 그 후의 내 인생이 어떻게 변했을까 하는 생각을 해 본다. 알 수 없다. 아무 의미가 없는 추측일 뿐이다. 내가 살아온 삶만이 나의 삶이다.

동생은 나와 그리 오래 함께 살지 않았다. 그때는 휴대전화가 없으니 서로 연락도 안 됐다. 긴급한 일이 있을 때 연락할 수 있는 전화번호만 알고 지냈다. 아버지 제삿날과 어머니 제삿날에 내가 살던 방에서 두 형제가 만나 익숙하지 않은 제사를 지내곤 했다. 동생은 나와 달리 성격이 활달했다. 나는 줄곧 직장 생활을 했지만, 동생은 친구들과 이런저런 장사를 했었다. 장사하다가 실패해서 빚도 졌다. 의리가 있어 친구들과 공동으로 책임져야 할 채무도 동생이 다 짊어졌다. 잠시 내 집에 와서 살았다.

그럭저럭 지내는 중에 나는 창업을 했고, 동생은 나를 도왔다. 직원도 없이 창업한 회사에 와서 형을 도운 동생이 지금도 고맙다. 동생은 그때, 제수를 만나 결혼했다. 결혼식장에서 신랑으로 입장하는 동생을 보고 얼마나 눈물이 났는지 눈이 퉁퉁 부었다. 어린 나이에 고생이 많았던 동생을 따듯하게 챙기지 못한 미안함과 부모님 없이 결혼하는 동생을 보니 여러 가지 감정이 겹쳐졌던 것 같다. 아내는 동생에게 찬양곡이 담겨 있는 음악 CD를 하나씩 주곤 했다. 차량으로 이동하면서 들어 보라고 하는 말과 함께. 동생은 찬양을 들으면서 은혜를 많이 받았다. 동생은 신실한 그리스도인이 됐고, 제수와 조카들 모두 하나님의 자녀로 살고 있다. 동생은 식당을 어렵사리 개업했다. 프랜차이즈 식당의 체인점으로 동네에서 꽤 잘되는 듯했다. 동생 내외는 정말 열심히 식당을 운영했지만 2년을 못 버텼다. 주변의 식당 간판들이 자주 바뀌는 것을 보면서 동생이 상심했을 그때가 생각나 마음이 아프다.

동생은 심기일전했다. 워낙에 생활력이 강한 동생이라 곧 새 일을 찾았다. 택배 일을 했다. 온종일 상자를 들었다 놨다 하면서 허리통증이 심했다. 저녁이면 손을 오므리고 펴기가 고통스러웠다. 그래도 1년 정도를 버티니 기적이 일어났다. 좀처럼 기회가 없는 지역 영업소를 비교적 저렴한 가격에 인수하게 됐다. 개인 택배 일을 시작한 지 1년 만에 찾아온 기적 같은 일이었다. 식당을 폐업하면서 손실을 본 돈 때문에 동생은 오랜 기간 어려운 시간을 보내야 했다.

얼마 전에 같이 식사하면서 나와 형수에게 기쁜 소식을 들려줬다. 최근에 수입을 많이 올렸다고 했다. 들어보니 꽤 많은 돈을 지난달에 벌었다. 얼마나 기쁜지. 이제 지난 어려움 다 지나가고 경제적인 안정을 찾기를 기도한다. 공무원이 되려고 준비 중인 두 조카도 원하는 직종에서 일할 수 있기를 기도한다.

사랑한다, 동생아. 하나님께 감사하자. 하나님을 모르고 살았던 우리 두 형제를 사랑하셔서 은혜로운 삶을 살게 하신 하나님께 감사하자. 하늘에 계실 아버지 엄마께 인사하자. 우리 두 형제, 철없던 시절도 있었지만 하나님의 도우심으로 잘 살고 있으니 걱정하시지 말고 하늘나라에서 평안하시라고. 나중에 행복한 마음으로 만나자고.

하나님을 처음 만난 날

스물다섯 어느 날이었다. 한 번도 가 보지 않은 교회가 가고 싶어졌다. 가고 싶은 교회도 생각났다. 서울 퇴계로와 을지로 사이에 있는 교회였다. 스물다섯에 살던 곳은 서울 달동네 금호동이었다. 다른 교회는 전혀 기억도 없었고 알지도 못했다. 교회에 다니지 않았으니 교회 건물이 내 눈에 들어올 리 없었다. 하지만 생각났던 그 교회는 큰 교회였기도 했고, 어린 시절에 살던 집 근처에 있었고, 중학생 시절에 아버지 따라 겨울방학 때 일하러 간 인쇄소 주변이어서 자주 봤던 교회였다. 일요일 예배 시간을 알아보고 금호동에서 버스를 타고 퇴계로에 있는 대한극장 앞에 내렸다. 교회까지 걸어가는 나는 무엇엔가 이끌려가는 기분이었다. 마음이 설렜다. 교회 마당을 밟는 순간, 예배당 들어가는 사람들의 표정이 눈에 들어왔다. 이 전에 느껴보지 못한 묘한 편안함을 느꼈다. 예배당 입구에서 따뜻한 미소와 인사로 맞아 주는 안내자들 앞에서 내 눈은 뜨거워지고 눈물이 고이기 시작했다. 예배당 안으로 들어가 빈자리를 겨우 찾아 앉았는데 얼굴을 들 수가 없었다. 눈물이 걷잡을 수 없이 흘렀기 때문이다. 환청같이 들리는 찬양과 기도 소리 그리고 설교 말씀은 또렷하게 들리지 않았지만 내 마음을 위로하는 음성으로 들렸다. 예배 시간이 끝나고 사람들 틈에

끼여서 예배당 밖으로 나왔다. 파란 하늘이 눈에 들어왔다. 처음 보는 하늘 같았다. 저렇게 청명하고 푸른 바다 같은 하늘을 이전에 본 적이 없었다. 또다시 눈물이 났다. 행복한 뭉클함이 목과 가슴에 느껴졌다.

아버지가 돌아가신 지 4년 만에 엄마가 돌아가셨을 때 내 나이는 스물하나였다. 공고를 졸업하고 직장 생활을 시작한 지 5년이 지났지만 홀로 살아가는 삶은 지독한 외로움과 서러움을 겪던 시기였다. 새벽에 일어나 버스를 두 번 타고 2시간을 가야 하는 직장을 다녔다. 일을 마치고 늦은 밤이 되어 다시 2시간 동안 버스를 타고 집으로 돌아오는 고단한 생활을 꽤 했다. 일요일도 일하는 날이 많았다. "월요일은 원래 일하는 날! 화요일은 화가 나도 일하는 날! 일요일은 또 일하는 날!"이라는 말이 있을 정도로 많은 일을 하던 시절이었다. 바쁘게 일을 하고 있을 때는 잊고 지내지만, 아무도 반겨 주는 사람 없는 휑하고 냉기 가득한 단칸방에 돌아오면 갑작스럽게 밀려오는 고독감에 감정이 복받치는 날이 많았다. 부모님 없이 살아가는 나의 젊은 날은 그랬다.

그러던 어느 날 하나님이 내 손을 붙잡아 주신 것이다. 일찍 부모를 여읜 나를 불쌍히 여기신 것이다. 하나님이 나의 아버지로 오신 것이다. 골방에서 울음을 삼키며 홀로 웅크리고 있던 나를 꼭 안아 주신 것이다. "걱정하지 마라." "내가 네 옆에 항상 함께 있을 것이다."라고 말해 주신 것이다. 그렇게 나는 하나님을 만났다.

삶이 힘들 땐 가끔 하늘이 된다

삶이 힘들어질 때, 나는 하늘이 된다. 하늘이 되어 이 땅의 삶 속에서 힘들어하고 있는 내 모습을 보면 나의 고통이 아주 작게 느껴지기 때문이다. 견딜 수 없을 만큼 힘들어하는 나 말고도 힘들어하는 사람들이 동시에 보이기 때문이다. 저 높은 하늘에서 보면 말이다.

변변한 내 집이 없어서 주거가 늘 불안하고, 변변한 직장이 없어 생계가 늘 막막한 사람들. 갑자기 건강을 잃어 살길이 막혀 버린 사람들, 사업이 잘 안 돼서 고통스러운 시간을 보내고 있는 사람들. 이루 헤아릴 수 없이 많은 사람이 힘들어하고 있는 모습을 볼 때, 나의 고통은 느껴지지 않을 만큼 작아진다. 그래서 나는 가끔 하늘이 된다. 하늘이 되면 하늘의 지혜를 배운다. 마음이 겸손해진다. 마음이 평안해진다. 마음 부자로 사는 것이 얼마나 큰 복인지 알고 나니 이처럼 기쁠 수가 없다. 돈이 없어 고생할 때는 돈만 생각했다. 집이 없어 서러울 때는 집만 생각했다. 기쁨이 없을 때는 우울한 마음만 가득했다. 내 곁에 사람이 없을 때는 외로움이 나를 삼켰다. 도움이 필요한 기업을 도우니 돈이 생겼다. 보상을 바라지 않고 최선을 다해 일하니 집이 생겼다. 사람의 마음을 이해하고 헤아려 주니 사람이 생겼다. 세상은 돈이 최고라고 말하지만 돈 때문에 불화가 생기고, 돈 때문에 망하고,

돈 때문에 불행해지고, 돈 때문에 무시당하고, 가진 돈을 날려 버려 인생을 비관하고, 돈 때문에 형제 가족이 원수 되는 걸 보면 그렇지만은 않은 것 같다. 돈 없이 살아온 지난날이 부끄럽지는 않다. 다만 돈 없이 사는 삶이 힘들었을 뿐이다. 그러나 긴 세월 지나 되돌아보니 돈 없이 힘들게 살았던 지난날이 내 인생을 값지게 만들어 준 시간이었다. 그 시간을 고난의 시간이었다고 말할 수 있지만, 그 고난의 시간이 나에게 주어지지 않았다면 하루하루를 그렇게 간절하고 절박하게 살았을까? 땀 흘려 버는 적은 돈이 소중한 줄 알았을까? 비록 돈이 없어 살기 어려웠던 시간이 꽤 길었지만, 그 시간 동안 스스로 의식하지 못했어도 나는 바닥을 단단히 다지고 있었던 거다.

긴 고난의 시간 동안 힘든 것을 이겨 내는 인내를 배웠고, 직장을 잃으면 끝이라는 절박함이 성실한 삶을 살게 했다. 내 인생을 통해 배운 인내와 성실은 내 삶을 바꾸는 소중한 자산이 되었다. 긴 시간 바닥을 다지는 삶을 살면서 채워야 할 부족함을 깨달았다. 지식이 부족함을 느꼈다. 기업 경영자로서 부족함을 많이 실감했다. 경영 공부를 많이 했다. 책도 많이 읽었다. 외국인과 소통을 하고 싶어서 영어를 배웠다. 사람 때문에 속상한 일이 많았다. 사람 간에 갈등 해결이 안 됐다. 나 자신이 불만스러웠다. 심리학에 끌렸다. 끝내 심리학 석사까지 공부하게 됐다. 29년째 사업을 하면서 알고자 하는 노력을 놓지 않는다. 학습하지 않으면 불안감이 엄습하기 때문이다. 이런 노력이 30년이 다 되도록 부침 많았던 기업을 지탱해 온 힘이 되지 않았나 싶다.

공부하기에 늦은 나이는 없다

"왜 늦은 나이에 대학교 영어학과에 입학했나?"라는 질문에 뭐라고 답해야 할지 생각해 본다. 영어를 제대로 배우고 싶었다. "영어는 왜 배우려고 했나?"라는 질문을 하면 "내 친구 톰과 자유롭게 대화하고 싶어서."라고 답할 것이다. 그랬다. 나는 톰과 많은 이야기를 하고 싶었다.

톰을 39살쯤 만난 것 같다. '굿 모닝, 하우 아 유, 땡 큐, 아임 쏘리'만으로 대화를 이어가며 우정을 쌓았다. 잘 듣고 싶은데, 말하고 싶은데, 듣지 못하고 말하지 못하니 답답했다. 영어 회화 학원 새벽반에 등록했다. 4년을 다녔다. 원하는 기대 수준에 못 미쳤다. 그러는 동안 그와 함께하던 사업은 접었지만 우리들의 우정은 계속됐다. 나의 영어에 대한 갈증은 여전했는데 어느 날 사이버대학 신입생 모집 광고를 보게 됐다. 마음이 움직였다. 영어학과에서 제대로 공부해 보자는 욕구가 강하게 솟구쳤다. 입학하게 된 동기다.

고등학교 졸업 후, 31년 만에 대학생이 됐다. 영어 배우려고 입학한 대학인데 대학 교정을 밟으니 20살 대학생이 된 듯이 설렜다. 영어학과에서 가장 나이 많은 학생이었지만 젊은 사람들과 어울리는 것이 즐거웠다. 봄 MT, 가을 MT 등 학교 행사에 열심히 참여하면서 대학생 기분을 한껏 만끽했다. 다들 떨려서 참가 못 한다는 학과 영어 스피치 콘테스트에서 대상도 받았다.

교양 과목 중에 심리학에 마음이 끌렸다. 상담심리학을 부전공으로 공부했다. 살면서 겪었던 마음의 문제들이 어디서부터 기인한 것인지 이해가 되니 흥미로웠고 사람을 이해하는 데 많은 도움이 됐다. 너무 즐겁게 수업을 들은 덕분에 졸업 기준 학점을 일찍 초과하여 7학기 만에 조기 졸업을 하게 됐다. 의도하지 않았던 조기 졸업을 하게 되니 심리학 공부를 더 하고 싶어졌다. 영어 공부를 하러 갔다가 심리학에 푹 빠지게 된 것이다.

서울 안암동 고려대학교 심리학과를 감히 찾아갔다. 학과 교수님의 수업이 끝나길 기다렸다가 담당 교수님을 뵀다. 풀타임 학생이 아니면 입학이 어렵다는 말씀을 듣고 조금은 실망한 마음으로 발걸음을 돌렸다. 직장인이 공부할 수 있는 교육대학원을 알아봤다. 야간에 수업이 있는 이 대학원에서 심리학을 공부할 수 있었다. 입학 면접을 봤다. 면접을 보신 교수님이 "왜 늦은 나이에 심리학 공부를 하시려고 하십니까?"라는 질문을 하셨다. 그 무렵 나는 교회 주일학교 교사로 봉사하고 있었는데 불쑥 말한 나의 대답은 "주일학교 아이들에게 도움을 줄 수 있을 것 같아서요." 였다. 면접 때 어떤 질문을 받을지 예상하지 못했고, 내가 그렇게 답을 하리라 생각하지 못했지만 그런 답을 말한 것이다. 교수님은 어떤 생각을 하셨는지 입학을 허락하셨다. 대학원 입학하던 해 1월에 교회 주일학교 교육국장으로 임명됐다. 이 또한 예상하지 못한 일이지만 국장으로 5년을 봉사했다. 그사이에 나는 심리전공 교육학 석사학위를 취득했다. 참으로 인생은 알 수 없는 일이다. 나의 앞날이 어떻게 전개될지 모르니 말이다. 내친김에 경영학 박사과정에 입학했지만 그 길은 내가 갈 길이 아니었나 보다.

대학교 입학 후에 6년을 시간 가는 줄 모르고 주경야독을 했는데, 3개월 만에 하차하고 말았다. 그러나 석사학위 지도 교수님께서 교육학 심리전공 박사팀에 나를 명예 제자로 받아 주셔서 지금까지 함께하고 있다. 학위는 마쳤지만 지금도 심리 공부를 하고 있는 셈이다. 박영신 지도 교수님이 존경스러운 학자이시기도 하지만 그리스도인으로서 보여 주시는 그의 삶은 본받을 점이 많기에 교수님과 함께 가는 여정이 즐겁다. 박영신 교수님과의 인연으로 인해 고려대학교에 가서 만났던 한성열 교수님을 다시 보게 됐고 새로운 인연을 만들어 배움을 얻고 있다.

내 친구 톰과 프리 토킹을 하고 싶어서 입학한 대학에서 청년의 열정을 발산하면서 행복한 추억을 만들었고, 대학 입학 전에는 전혀 계획에 없었던 심리학을 공부하게 돼서 교육학 석사학위까지 받게 됐다. 비록 3개월이지만 박사과정의 맛을 봤고, 존경하는 교수님을 하나님의 도우심으로 만나서 귀한 가르침을 받고 있다.

행복했던 교회 주일학교도 그립다. 2009년에 시작한 만학(晩學)으로 만들어진 아름다운 추억과 인연에 감사한다.

참스승을 만나다

내 나이 54살에 만난 스승님이 계시다. 대학원 입학을 하면서 만난 스승님은 내 삶에 큰 영향을 주시는 분이다. 말씀을 들어도 마음에 울림이 있고, 그분의 삶을 보아도 내 영혼에 울림을 주신다. 얼마 전에 책을 내셨다. 『아버지가 딸에게 들려준 이야기들』이다. 본인이 집필하신 책인데도 원저자는 아버지시라며 본인의 화려한 이력을 모두 빼고 오직 '박영신 쓰다.'라고만 밝히신 분이다. 이 책에 감동한 분들이 번역한 영어판 중국어판도 발간했다. 일제 치하에서 어린 시절을 보내시고 한국전쟁을 겪으시면서도 피난살이 치열한 삶을 사셨던 아버지가 살아계실 때 딸에게 들려준 이야기는 인생의 생사고락을 이야기한다. 갈라진 시멘트 바닥에서도 한 송이 꽃이 피는 감동을 만날 수 있는 이야기다. 아버지가 딸에게 들려주신 이 이야기들을 고스란히 기억하시고 아버지 정신을 유산으로 훌륭히 살아오신 분이다.

교육심리학계의 거장으로서 존경받는 교수님으로 칭송받기에 부족함이 없는데도 한없이 겸손하시다. 고관절 부위를 수술받으신 구순의 노모를 홀로 모시면서 손수 매일 목욕을 시켜드리고 말벗도 해드리면서 기어코 노모의 허리를 세우시고 걷게 하신 분이시다. 부모-자녀

관계를 주축으로 한국인의 토착 심리를 연구하신 논문들을 집대성하면 '부모에 대한 효와 도리'의 본질을 찾을 수 있다. 부모와 자식은 피를 나누고 후손으로 대를 잇는 놀라운 기적의 관계이지 않은가. 꽃과 나무가 대를 잇고 생물들이 대를 잇는 것처럼 생물학적 번성을 이루는 것만 중요한 것이 아니라 고귀한 정신이 후손에게 승계되는 인간의 역사는 숭고하다.

인문학자로서 아무리 훌륭한 학문을 닦았다 해도 그 학문의 성과대로 삶을 살아내는 학자는 드물다. 박영신 교수님은 그래서 귀하시다. 학문의 이론에 합당한 효와 도리를 갖춘 어른의 삶을 사실 뿐만 아니라 평생 크리스천으로서 하나님의 말씀과 아버지의 말씀을 오가며 순종하는 삶을 오롯이 살아 내시는 교수님을 사랑하고 존경한다.

마음 가꾸기

　내면을 채우면 외면까지 빛나지만, 외면을 가꾼다고 내면까지 채워지는 건 아닌 것 같다. 보이는 외면을 가꾸기는 어렵지 않다. 얼마든지 원하는 대로 꾸밀 수 있다. 그러나 내면을 채우지 않은 채 외면을 가꾸는 행동은 내면을 더 허하게 만든다. 꾸미면 꾸밀수록 내면은 더 초라하게 느껴질 수도 있다. 그러나 사람들은 외면을 꾸미는 노력은 많이 하지만 날마다 자기 자신의 내면에 대한 관심을 갖고 가꾸는 노력은 잘 안 하는 것 같다. 날마다 거울을 보고 자세와 옷매무시를 가다듬고 남들에게 꿀리지 않을 차를 소유하고 싶어 한다. 사회생활을 하는 데 적합한 외관에 신경을 쓰는 일은 필요할 것이다.

　사회경쟁력을 갖추기 위해 스펙도 쌓는다. 전문지식을 공부하기 위해 주경야독도 마다하지 않는다. 자신의 가치를 높이기 위해 노력하는 사람들을 보면 본받고 싶어진다. 사람들과 어울려 살아가는 현대 사회에서 적절한 외견을 갖추고 살아가는 것은 사람들에 대한 예의고 배려라고 할 수 있다. 지식을 습득하고 경험을 연마하면서 각 영역에서 전문가로 살아가는 일은 삶을 윤택하게 하고 인생의 가치를 높이는 일이기도 하다. 그런데, 인생을 살다 보니 정말 중요한 것이 무엇인지 깨달았다. 마음이다. 상황에 따라 변하는 마음. 어디서 오고 어디로 가는지 모르는 바람과 같은 마음. 변덕 많은 날씨같이 수시로 변하는 마음. 그 마음에 우리는 기쁘기도 하고 슬프기도 하다. 예측 못 한 상황을 만나서 화가 나기도 하고 걱정이 되기도 한다. 누군가 건넨 말 한마디에 감동하기도 하고 상처를 받기도 한다. 우리는 행복해지고 싶다. 절대로 불행한 삶을 살고 싶지 않다. 행복은 어디서 나에게 오는 것인가? 잘 차려입은 옷이나 장신구인가? 멋진 차인가? 이런 것들이 나의 기분을 잠깐 좋게 할 수는 있지만 진정한 행복을 자아내진 못한다. 그러면 전문적인 지식과 경험으로 무장된 탁월한 능력인가? 남들에 비해 많은 연봉을 받고 높은 지위를 확보하여 자존감이 높아져서 보람을 느끼게 할 수 있다. 그러나 이 또한 지속적인 행복을 느끼기엔 여전히 부족하다.

내면의 마음이 아니라 외면을 꾸미는 것들이나, 소유한 것이나, 습득한 지식은 온전한 행복을 가져다주지 못한다는 걸 알았다. 재물이나 지식, 능력이 필요하다고 생각했고, 염원했으며 중요하다고 여기던 나다. 거주지를 단칸 월세방에서 커다란 아파트로 옮기고, 한 달 동안 먹을 쌀과 난방용 연탄 사기도 빠듯했던 월급쟁이에서 시작하여 최고경영자 자리까지 올라왔다. 출퇴근용 화물차가 고급 승용차로 바뀌고, 공업고등학교 졸업생 신분에서 석사 신분으로 변했는데도 진정한 행복은 느껴지지 않았다. 배고팠을 때 맛있고 배부르게 먹은 한 끼 식사 같은 기쁨만 스쳐 갈 뿐이었다. 더운 여름날, 땀을 한차례 식혀주는 시원한 바람 같이 말이다.

돌아가신 아버지가 보시던 열국지 열 권을 팔아서 사 온 쌀로 끼니를 때웠을 때는 쌀독에 넉넉한 쌀만 있으면 좋겠다는 바람이 있었다. 겨울철에 연탄이 떨어져 냉골에서 잠을 자야 했을 때는 연탄 걱정 없는 보일러 방만 있으면 좋겠다는 바람이 있었다. 월급날이면 큰돈이 쑥 빠져나가는 월세방에서 살 때는 전셋집에서 살면 좋겠다는 바람이 있었다. 지금 나는 이 모든 것을 넘어 과분하리만치 좋은 환경에서 살고 있다. 그러나 나는 이 좋은 환경을 누리면서도 행복을 느끼지 못한다. 모든 것이 무뎌졌고 익숙해졌다. 마치 예전부터 이 모든 것을 가졌던 것처럼.

지금도 행복하지 않을 때가 많다. 내 마음이 여전히 미성숙하기 때문이다. 언제나 내 마음이 성숙해질까 늘 생각하고 가다듬는다. 풍랑이 이는 바다 위에서 작은 돛단배를 타고 항해를 하는 듯 위태롭고 한시도 방심할 수 없는 것이 인생이고 사업이다. 언제나 평안할까? 언제나 걱정이 없을까? 언제나 불안하지 않을까? 요즘 들어 부쩍 드는 생각이다. 그래서인지 성경을 자주 읽는다. 성경은 내 마음이 지금 어디 있는지 깨닫게 한다. 내가 부질없는 걱정을 하고 있다는 걸 알게 한다. 내 안에 이기심이 여전히 많다는 걸 알게 한다. 내가 재물에 욕심을 두고 있는 걸 상기시킨다. 내가 누군가를 미워하는 마음이 남아 있다는 걸 말씀해 주신다. 내 안에 독이 있음을 생각나게 한다. 누구라도 내 자존심을 건드리면 곧바로 내뱉을 수 있는 독이다. 이렇듯 걱정이 많고, 이기심이 여전하고, 재물에 욕심을 두고 있고, 누군가를 미워하는 마음이 있고, 내 안에 독을 제거하지 못하니 어찌 마음이 평안할 수 있을까?

나는 알았다. 내 마음에 행복 있다는 걸. 내 마음에 불행도 있다는 걸. 나는 하나님의 지혜를 택했다. 순금보다 귀하고, 자존심이나 명예보다 귀한 지혜가 행복한 삶을 살도록 이끌어 준다는 걸 믿기 때문이다. 내 마음의 평안을 위해 날마다 기도한다. 쉬지 말고 기도하라 하셨으니 말이다. 항상 기쁨을 찾기 위해 기도한다. 좌절과 고난의 구렁텅이에 빠졌어도 기쁨을 찾을 수 있다는 걸 하나님이 약속하셨으니 말이다. 모든 일에 감사하기 위해 기도한다. 찾아보니 감사할 것들이 지천이다. 걱정을 내려놓고 나 스스로 할 수 있는 일만 하기로 했다. 걱정을 비우니 내 머리와 어깨가 가벼워졌다. 걱정한 내용이 설령 현실이 되어도 크게 당황하지 않게 된다. 그 상황을 받아들이고 차분히 대응하니 문제가 풀린다. 나는 이렇게 평안한 마음을 찾는다.

하지만 그래도 강한 염려의 바람이 불어 나를 휘청거리게 할 때가 있다. 달콤한 유혹이 나의 욕심을 자극할 때가 있다. 이유도 모르는 채로 갑자기 우울해질 때도 있다. 불안한 마음이 혹하고 내 마음속으로 파고들어 올 때도 있다. 누군가가 불현듯 생각나 미워지고 화가 날 때도 있다. 그러나 다시 중심을 잡는다. 나에게 중심이 되는 하나님의 말씀이 있다. 성경을 읽는 것은 하나님과 만나는 것이다. 하나님 말씀이 내 안에 있으므로 흔들리는 마음을 붙잡을 수 있게 되었다. 내 힘으론 안 된다. 내가 중심이 되어 오랜 시간 살아 봤다. 너무나 힘들었다. 기억하기도 부끄러운 잘못들을 죄책감 없이 범했었다. 나의 조급하고 경솔한 판단들은 실수로 이어졌고 실패를 겪게 했다. 내가 중심

되어 저지른 결과로 찾아온 시련에 분노가 일었다. 고난 위에 고난이 덮쳤다. 닥친 고난을 내 힘으로 어찌해 보겠다고 하면서 고난은 꼬리를 물었다. 사업이 망하기 일보 직전에 하나님이 살리셨다. 택한 백성은 끝까지 책임지신다는 하나님께 감사했다. 그리고 마침내 내 인생의 중심 되는 진리를 찾았다.

"진리를 알지니 진리가 너희를 자유롭게 하리라(요한복음 8:32)."

진리를 믿지 못하면 자기 자신을 믿는다. 자기 자신이 얼마나 무지하고 부족하고 연약한 사람인지 안다면 진리를 붙잡지 않을 수 없다. 내 안에 진리의 뿌리를 심으면 부유해지고 평안해진다는 걸 깨달은 것만 해도 한없이 기쁘다. 회사 직원들에게 전파하고 권면한다. 매월 '마음 가꾸기' 캠페인을 통해서. 이달의 마음 가꾸기는 '농심(農心)'이다.

농부는 땀의 가치를 압니다.
농부는 심은 대로 거두는 진리를 압니다.
농심(農心)이 우리의 마음이면 좋겠습니다.

"무릇 지킬 만한 것보다 더욱 네 마음을 지키라. 생명의 근원이 이에서 남이니라(잠 4:23)."

하나님의 지혜

'하나님의 지혜가 큰가? 사람의 지혜가 큰가?'

성경을 읽다가 문득 떠오르는 질문이다. 기독교 신앙이 있는 사람은 당연히 하나님의 지혜라고 말할 것이다. 궁금해지는 것은 하나님을 잘 모르거나 하나님의 존재를 인정하지 않는 사람들의 대답이다. 하나님의 지혜가 더 크다고 대답한다면 하나님의 존재를 믿는다는 방증이 될 것이고, 하나님의 지혜가 기록된 성경에 관심을 가질 것이다. 다른 대답이 나올 수 있다. 하나님에 대해서 잘 모르지만 하나의 신 정도로 여기는 사람이라면 답하기 어렵다고 말할 수 있을 것이다. 하나님의 존재를 인정하지 않거나, 하나님에 대해 잘 모른다고 해도 사람의 지혜가 더 크다고 할 수는 없을 것이라는 생각이 든다.

하나님을 믿는 나의 대답은 명쾌하다. 당연히 하나님의 지혜 앞에 나의 지혜는 감히 비교할 수 없다. 때때로 나의 미흡한 생각과 판단으로 상황을 어렵게 만든 적이 많다. 그런 일이 있을 때는 나의 우둔함을 자책하곤 한다. 생각을 많이 한다고 지혜로운 판단을 하는 것이 아님을 깨달은 적도 많다. 나이 육십을 넘기고 나의 부족함이 더 많이 드러나고 있음을 깨닫고 감사한다. 배우고 성장하는 기쁨이 있기 때문이다.

사람들은 현명한 지혜를 구한다. 사람의 노력으로 머릿속에 쌓아

가는 지식과는 다른 의미다. 지혜는 사물의 이치나 상황을 제대로 깨닫고 그것에 현명하게 대처할 방도를 생각해 내는 정신의 능력이라는 사전적 의미가 있다. 인간의 영역이 아니라 신의 영역이라는 말도 있다. 인간의 것이 아니라 신의 축복으로 주어진다는 것이다. 신의 은혜로 태양이 밝게 비춰서 모든 것을 명확하게 드러내듯이 세상의 이치를 명쾌하게 안다는 뜻이다.[1]

  "지혜를 찾고 깨달음을 얻는 사람은 행복하다. 그것이 은이나 금보다
   더 가치 있고 유익하기 때문이다(잠 2:13-14)."

  "하나님을 경외하는 것이 지혜의 근본이요, 거룩한 분을 아는 것이
   슬기의 근본이다(잠언 9:10)."

 나는 하나님의 지혜를 배우고 살아간다. 이보다 큰 지혜가 없기 때문이다.

---

1) 다음 사전/백과 인용

오 해피 데이!

오늘 감동했다. 여느 때와 같이 출근해서 작업 현장을 돌았다. 제품 조립 라인에 들어선 순간, 라인 팀장이 나를 붙들고 라인 중앙에 세웠다. 그리고 라인에서 일하고 있는 직원들을 불러 모은다. 선물 상자를 건네며 "저희의 작은 감사 표시니 받아 주세요. 자, 여러분 감사의 박수!" 하면서 박수를 보낸다. 어안이 벙벙해진 나는 어떻게 반응해야 할지 아무 생각이 안 나는 상태로 서 있었다. "사장님이 저희에게 늘 잘해 주시고 사랑해 주시는데 받기만 하는 것 같아서, 고마운 마음을 담아 저희 팀이 드리는 작은 선물이에요."라는 말에 내 눈가에 촉촉함이 느껴졌다. 나는 "직원들에게 별로 해 준 것도 없는데 이렇게 감동을 주셔서 고맙습니다. 이런 날도 있네요. 사업하는 보람이 있습니다."라는 말씀을 드렸다.

선물을 손에 들고 내 사무실에 들어와 앉았다. 감동이 밀려왔다. 행복해졌다. 직원들에게 더 잘해야겠다는 생각도 하게 된다. 이곳이 어딘가. 냉혹한 생존 경쟁을 해야 하는 기업 현장이 아닌가? 어느 기업에서는 노사분규가 일어나 분쟁하기도 한다. 어느 기업은 윗사람의 갑질 횡포로 직원들이 힘들어하기도 한다. 직원들을 존중하지 않으면 직원들 또한 경영자를 존중하지 않을 것이다. 서로 존중하지 않는 기업이라면 진정한 단합과 협동은 허울뿐일 것이다.

우리 회사 사훈은 '서로 사랑'이다. 기업에서 사랑이라는 가치관을 기치로 일하는 곳이 많지 않음을 알고 있다. 기업은 긴장과 스트레스 밀도가 아주 높은 곳이다. 큰돈을 투자하고 직원을 채용하여 목표 시장을 놓고 외부 기업들과 부단히 경쟁해야 하기 때문이다. 경쟁에서 지면 막대한 피해를 보게 된다. 이런 긴장감 속에서 일하는 기업이니 '사랑'이라는 단어가 어울리지 않아 보이기도 한다.

나는 생각을 조금 달리했다. 고객을 사랑하고 회사 구성원들이 서로 사랑하는 기업을 경영하고 싶었다. 우리 스스로 통제하기 어려운 기업 외부 상황은 어찌할 수 없지만, 우리가 서로 사랑할 수는 있다. 사랑하는 마음으로 서로 존중하고, 고객을 사랑하는 마음으로 제품을 잘 만들고, 직원들을 사랑하는 마음으로 기업을 경영하자는 것이 나의 뜻이다.

오늘, 직원 일부가 뜻을 모아 나에게 깜짝 이벤트를 해 준 것이 특별한 감동이 된 이유가 또 있다. '서로 사랑'이라는 사훈을 내걸었지만, 현실은 '사랑 경영'을 제대로 실천하지 못했다. 회사 창립한 지 27년이 되는 올해 초부터 '행복 경영', '사랑 경영'하는 기업 문화를 회사 내에 뿌리내리고 싶었다. 올해 5대 혁신 과제 중 하나가 기업 문화 혁신이었다. 5대 혁신은 생산 혁신, 품질 혁신, 원가 혁신, 환경 혁신, 기업 문화 혁신 정착이었다.

연초부터 작은 실천을 해 왔는데 12월이 되어서 직원들의 반응을

맛보게 된 것이다. 진심으로 직원들을 사랑하고 행복한 삶을 살도록 돕는 기업이 되기를 바라는 마음으로 작은 실천들을 해왔는데 나의 진심을 알아준 직원들이 고맙다.

기쁘고 행복한 날이다. "Oh happy day!"

한라산에서

한라산에 올랐다. 두 번째다. 3년 전에는 성판악 코스를 택해서 백록담을 봤다. 정상에 올라가도 날씨 운이 없으면 볼 수 없다는 백록담을 볼 수 있어서 기뻤다. 9시간 등정이었다. 정상을 200m 남기고 다리가 풀렸다. 계단 하나 올라가기가 힘겨웠다. "고지가 코앞이다!" 하고 힘을 내서 오른 기쁨은 이루 말할 수 없었다. 이번엔 최단 코스인 영실 코스다. 체력에 자신이 없었다. 3년 전에는 운동에 재미가 붙어 있었다. 매일 새벽에 날씨 아랑곳하지 않고 동네 주변을 돌았었다. 그 체력으로 한라산 첫 등반에 성공한 것이다.

영실탐방로 입구엔 비가 내리고 바람이 불었다. 등산객들은 등산복을 제대로 차려입고 우의도 입고 오르는데 나는 등산복도 안 입고 등산화도 아닌 캐주얼화를 신고 우산을 쓰고 등반길에 올랐다. 동네 아저씨가 산책 온 것도 아니고 말이다.

사실 한라산 정상에 오르려고 제주에 온 것은 아니었다. 일상을 벗어나 혼자만의 시간을 갖고 싶어서 내려온 제주다. 모든 사회적 소통을 단절하고 낯선 장소에 홀로 있는 첫날의 기분은 묘하다. 경험해 보면 안다. 이틀째가 되니 아직 정체는 알 수 없지만, 영감이 떠오르는 것을 느끼기 시작한다. 기분 좋은 느낌이다. 일상의 삶 속에서 나를 괴롭히는 걱정이나 불안한 생각들이 아니고 무엇인가 진리를 깨달을 때 느끼는 쾌감 같은 영적 느낌이다.

오래전에 연어 낚시를 해 봤다. 아무 생각 없이 낚싯대를 잔잔한 바다에 던져 놓고 무상무념인 상태로 아름다운 자연에 심취해 있다 보면 수면 위의 찌가 순간 움직인다. 그때 흥분된 마음은 경험해 본 사람만 안다. 등반 중에 그런 느낌이 왔다. 탐방로 입구에 설 때까지도 한라산 정상으로 가는 길이 폐쇄된 영실 코스 최종 목적지인 남벽까지 갈 것인지 윗새오름휴게소까지 갈 것인지 정하지 못했다. "갈 수 있는 지점까지 가 보자."하고 올랐을 뿐이다. 등산을 시작한 지 40여 분이 지나니 힘들었다. '역시 나이는 못 속이나 보다. 요즘 운동도 안 했으니 체력이 많이 약해졌지. 산을 오를수록 비도 더 오고 바람도 세차게 부는 것 같으니 그만 내려갈까.' 하는 소리가 내 마음 안에서 맴돌았다. 그러면서도 가파른 나무 계단을 힘겹게 한 발, 한 발 천천히 올라갔다. 중간 쉼터에서 잠시 숨을 고르는 부부가 말하는 소리가 들렸다. "더 올라가면 비도 많이 오고 바람도 세차게 분다는데…." 부인의 말은 그만 내려가면 좋겠다는 마음이 담겼다. 부인 말의 의미를 이해 못 했는지, 아니면 알고도 그랬는지 모르겠지만 남편이 하는 말에 나는 힘을 얻고 다시 산을 오르기 시작했다. "조금만 더 올라가면 평지야!" 그 남편이 한 말은 부인이 힘을 내도록 말한 격려사였다는 걸 이내 알아챘다.

평지는 아득하기만 했다. 가파른 급경사의 등산로는 계속됐다. 나는 깨달았다. 힘들 때 희망을 담은 작은 한마디가 큰 용기를 갖게 한다는 사실을 말이다. 포기할까 말까 하는 힘겨운 상황에서도 작은 소망만 있으면 다시 일어나 새 출발 할 수 있다. "곧 평지야."하고 말한 사람의 격려에 힘을 내서 힘겹게 오르던 중 갑자기 눈앞이 뿌옇다. 덜컥 겁이 났다. '내 체력이 급격히 저하되어 심장에 문제가 생긴 건 아닐까.' 하는 두려움이 순간 밀려왔다. 이내 정신을 차리고 보니 안경에 김이 서린 것이었다. 비가 내리는 차가운 날씨에 가쁘게 내쉰 내 따뜻한 호흡 때문에 김이 서린 것이었다. 그런데 나는 건강에 이상이 생긴 건 아닐까 하고 겁을 먹었으니 참 어이없었다.

좀 더 산을 올랐다. 인제 그만 내려가야겠다는 느낌이 왔다. 더는 무리라는 생각이 들 무렵에 산을 오르는 중년 여성 두 분 중 한 분이 말하는 소리가 들렸다. "내려오시는 어느 분이 더 올라가면 비가 많이 온다고 그러데? 빨리 하산하는 게 좋겠다고 하던데…." 나는 바로 발길을 하산 방향으로 돌렸다. 포기도 빠르지….

꾸준히 체력을 쌓은 사람이 더 높은 고지를 오를 수 있다. 자기 체력에 맞게 산을 오를 때 안전하고 기쁘다. 높은 고지를 오르는 사람이 더 크게 행복한 것이 아니다. 체력이 안 된다면 적절한 시점에 내려올 줄도 알아야 한다. 무리하다가 큰 사고를 당할 수 있다. 내려오는 길도 길이다. 올라가야 하는 높이만 생각하고 내려오는 길을 고려하지 않으면 안 된다. 산에서 내려오는 것은 등산을 포기하는 것이 아니다. 내려오는 길까지 걸어야 등산이 마무리된다. 올라갈 때도 즐겁고 내려오는 길도 즐겁게 내려오자. 8,800m 에베레스트산을 오르는 사람과 1,947m 한라산을 오르는 사람은 다르지 않다. 각자 준비된 만큼 오르는 것뿐이다. 행복과 성공은 각자의 기대를 어느 정도 만족하느냐에 달려 있다. 행복과 성공은 객관적이지 않다. 상대평가가 아니라 절대평가로 얻어질 수 있는 것이 행복과 성공이다.

산을 오를 때 볼 수 있는 건 네다섯 계단뿐이다. 저 멀리 높은 정상을 자주 바라보고 "언제 저곳에 오르지." 하는 조급함은 힘이 빠지게 만든다. 포기하게 한다.

눈앞에 보이는 네다섯 계단을 한 계단씩 천천히 오를 뿐이다. 오늘이 소중한 이유다. 지금 주어진 하루가 한 계단이다. 작은 한걸음이 어찌 극적이겠는가? 그러나 그 한 계단씩 오르다 보면 그것이 모여 어느새 백 계단이 되고, 천 계단을 오를 때쯤엔 주변 산 풍경을 여유롭게 바라보게 될 것이다. 그리고 '내가 어느새 여기까지 올라왔지?' 하는 뿌듯한 마음이 나를 기쁘게 할 것이다. 인생은 오롯이 오르고 내려올 산이다.

하루 감동

　나이가 들면서 지나간 일들을 기억할 때가 많다. 육십 평생을 살았으니 무수히 많은 일을 겪고 살았다. 기억이 쉽게 되는 일도 있고 기억이 안 나는 일도 있지만 절대 잊지 못하는 기억들이 있다. 큰 고통을 당한 일이든지 큰 감동한 일 중 하나일 것이다. 마음 깊이 감동이 되었던 일은 반복해서 기억해도, 오래전 일인데도 그때 받은 감동의 기쁨이 다시 느껴진다. 반면에 기억에서 지울 수 없는 고통의 순간들은 어떤가? 그때 힘들었던 마음이 느껴진다. 하지만 그 고통의 터널을 통과한 지금은 이 일들 역시 나에게 감동을 준다. 그때 겪은 고통의 시간을 보내면서 나에게 찾아온 깨달음이 있었고, 그 깨달음을 통해 성장해서 오늘의 나를 만들었기 때문이다. 어찌 보면 그 고통의 순간들을 기억할 때 더 진하고 여운이 남는 감동을 나는 느낀다. 고통스러운 시간을 보내고 있을 때는 너무나 힘들었지만 다 지나고 보니 그 힘든 상황 때문에 열심히 살았다. 그때의 노력으로 인해 나날이 좋아지는 삶을 살고 있으니 그 고통스러운 상황에 오히려 감사한 마음을 갖게 된다.

　"나의 모든 일상에 아무런 감동이 없고 늘 살던 대로 무덤덤한 하루하루를 보낸다면 삶이 얼마나 무미건조하고 힘겨울까?", "어제 살았던 하루처럼 별생각 없이 오늘을 살면 나의 삶이 어떻게 될까?" 문득 문득 이런 생각을 한다.

내가 살아가는 이 순간을 소중히 여겨야겠다.
나와 함께 살아가는 사람들을 소중히 여겨야겠다.
나에게 주어진 시간을 소중히 여겨야겠다.

원치 않은 어려움을 만나도 절망하지 말고 두려워하지 말자. 오랜 세월 살면서 만났던 고난이 얼마나 많았던가. 예상했던 시련들이 아니었다. 그러나 할 수 있는 능력으로 하루를 견디고 감당했다. 비록 상처의 흔적은 남을지라도 결국 해결되고 지나갔다. 상처 없는 인생이 어디 있겠는가. 깊게 파인 주름이 인생의 훈장인 것처럼, 고된 삶의 현장에서 뒹구느라 만들어진 상처는 인생의 면류관이다.

행복의 조건

유튜브를 통해서 심리학자인 서울대 최인철 교수의 강연을 봤다. 행복에 대한 강연이었다. 행복은 누구나 바라는 인간 최고의 소망이 담겨 있다. 그만큼 좋은 것이다. 더할 나위 없이 기쁜 감정을 느낄 때 행복하다고 말한다. 인간이 바라는 최고의 소망이기에 행복에 대한 글이나 말이 넘친다. 하지만 상당수 사람은 행복하지 않은 것 같다. 그렇게나 많은 사람이 행복을 원하니 모두가 행복해야 할 텐데 행복하다고 말하는 사람은 적다. 누군가 행복에 관한 이야기를 하면 귀를 기울이게 된다.

건강한 몸을 위한 3대 필수 영양소에 탄수화물, 단백질, 지방이 필요하듯이 우리 영혼의 행복을 위해선 자유로운 삶, 존재로서 유능감 그리고 좋은 인간관계가 필요하다고 한다. 어떤 구속이나 속박 속에 있는 삶은 행복하지 못하고, 자신의 능력을 인정받지 못해도 불행감을 느끼고, 가족이나 주변 사람들과의 관계가 좋지 못해도 행복하지 않다고 한다.

세상을 살아가려면 사회 규범이나 조직의 요구를 따라야 할 때가 많다. 내 마음에 안 들어도 지켜야 할 것들이 있다. 직장 생활을 하는 사람이라면 하루 중 상당 시간을 회사에 할애한다. 직장 생활이 행복하냐고 질문하면 대다수는 "아니오."라고 할 것이다. 회사의 지시사항을 따라 일해야 하기에 자유를 느끼지 못하기 때문이 아닐까 한다. 그렇다면 직장 생활 하는 동안은 행복할 수 없다는 말인가. 그렇지 않다. 행복하길 원한다면 직장 안에서도 자유로울 수 있다. 이 자유를 찾을 때 행복할 수 있다. 사표를 던져야 자유롭게 살 수 있는 것은 아니다. 회사 일을 내 일이라고 생각해 보면 어떨까. 어려울 것 같지만 좀 더 즐거운 직장 생활을 원한다면 마음을 살짝 바꾸어 자신의 자유를 위해 실행해 보면 좋겠다. 그럴 수만 있다면 스스로 직장의 굴레를 벗어나는 자유로움을 찾을 것이다. 자기 일같이 적극적으로, 자기 일같이 정성을 다해, 자기 일같이 성과를 창출하기 위해 일하는 것이 손해 보는 일이 아닐 것이다. 권태로운 일상이 아니라 진정한 자유를 누릴 수 있을 것이고 자기 일같이 일함으로 키워지는 능력은 덤이다.

칭찬받는 사람은 기가 산다. 칭찬이 메말라 가는 사회지만 칭찬만큼 사람의 기를 살리는 것이 있을까 싶다. 아이들도 칭찬을 받으면 신이 난다. 어르신도 칭찬을 좋아하신다. 남녀노소 모두가 칭찬받기를 좋아한다. 누군가를 칭찬하기는 인색하면서도 칭찬받기를 바라는 사람의 심리는 인간의 본성이지 싶다. 어쨌건 칭찬받을 것들을 꾸준히 만들어 가는 것이 행복의 요소라고 한다. 자신의 유능함을 인정받도록 노력해야 한다는 것이다. 자신의 능력을 키워가는 삶이 얼마나 귀한가. 그 능력이 사람들과 직장과 사회, 더 넓게는 세상에 선한 영향력을 끼친다면 그 능력이 존경받는 기쁨이 있을 것이다. 아이가 태어나 뒤집고, 기고, 서고, 걷는 과정을 보라. 아이의 성장을 바라보는 부모와 가족들의 기쁨이 얼마나 큰가. 옹알이를 거쳐 엄마, 아빠 소리를 할 때 얼마나 기뻤는가. 아이의 성장을 바라보는 부모들의 행복감은 크다. 청년이 되어 몸은 노화하기 시작해도 지식과 일하는 능력과 정신과 영혼, 그리고 지혜는 무한대로 성장할 수 있다. 이 유능함의 성장을 위해 인생의 목표를 세우고 끝없는 호기심으로 자신을 발전시켜 나가는 노력이 행복한 삶을 만들 것이다.

사람으로서 가장 큰 기쁨은 내적 성장을 이루어 가는 것이라고 나는 생각한다. 겉으로 드러나는 아름다움보다 내면의 빛남이 훨씬 귀한 가치가 있다. 소유하고 있는 외형적 자산의 가치보다 한 생명으로서 존재의 자산이 훨씬 가치가 있는 사람이 되자. 소유의 많음도 쇠락이 있고 외견의 아름다움도 노화되니, 한평생 살다간 한 인생의 평가만 남는 것이다.

피할 수 없는 관계가 있다. 인간관계다. 좁게는 가족 관계부터 넓게는 사회에서 만나는 사람들과의 관계다. 인간관계는 숙명적이다. 행복과 불행감의 큰 요소는 인간관계인 것을 부인할 수 없다. 혈육이든 사회적이든 연결된 사람들은 서로 영향을 주고받는다. 감정도 생각도 말도 언행도 서로에게 전달되고 재해석되어 서로에 대한 관계를 형성한다. 사람은 모두 다르다. 얼굴도 다르고 사고방식도 바르고 가치관도 다르고 생활 습관도 다르고 문화도 다르다. 이렇게 다른 사람들끼리 어울려 산다는 건 실로 놀라운 일이다. 다름의 차이를 극복하지 못한 결과 분쟁이 생기고 다툼이 발생하는 일도 있지만, 감동적이고 아름다운 관계를 형성하는 광경도 우리는 목도한다. 우리는 분쟁과 다툼을 싫어한다. 안정을 해치는 것이기 때문이다. 우리는 화평한 것을 좋아한다. 서로 사랑하는 관계를 원한다. 이 감정이 좋기 때문이다.

그런데도 사랑보다 다툼이 많고 화평보다 분쟁이 많은 건 무슨 이유 때문일까? 내가 우선이기 때문이지 싶다. 사실 나보다 중요한 존재가 있겠는가. 그러니 내가 우선이라는 생각은 본능적이다. 그래서 인간관계가 쉽지 않다고 생각한다. 쉽지는 않지만 행복한 삶을 위해서는 극복하고 관리해야 한다. 행복한 삶은 나와 연결된 사람들의 행복에서 찾아오기 때문이다. 행복하기 위해서는 관계를 맺고 있는 사람들이 행복해야 그 영향을 받기 때문이다. 생각해 보자. 배우자가 행복하지 않은데 내가 어찌 행복할 수 있으며 자녀가 행복하지 않은데 부모가 행복할 수 있겠는가. 가족만큼의 관계는 아닐지라도 사회적으로 연결된 사람들과의 관계도 행복에 영향을 끼친다. 직장동료와의 관계나 거래 관계도 상대적인 영향을 주고받을 것이다. 직장에서 함께 일하는 사람들과 사이가 좋지 않으면 직장 생활이 힘들다. 거래 관계로 연결된 상대방이 불쾌하면 거래가 위태로워진다. 조용히 자신의 마음에 집중해 보자. 삶에서 가장 우선해야 할 것이 무엇인가? 행복인가? 행복을 위해 돈을 모으는 것인가? 돈이 모이면 행복이 오래오래 지속하는가? 우리는 수 없이 경험한다. 소유의 크기로는 절대로 내 만족의 주머니를 채울 수 없다는 것을. 우리 소유의 주머니는 밑이 터진 것이다. 행복은 공기와 같은 것이다. 내 것도 아니고 남의 것도 아닌 공기! 호흡할 수 있는 생명의 공기는 느끼고 감사해야 할 것이다. 함께 더불어 사는 사람들 모두 호흡할 수 있는 생명의 공기가 필요하다는 사실을 알자. 가족 한 사람 한 사람을 존중하고 사랑하자. 사회적으로 연결된 사람들을 존중하고 사랑하자. 그들이 행복할 것이고 우리 자신도 행복할 것이다.

흔히 인생을 여행에 비유하곤 한다. 행복한 삶을 위해 가장 큰 영향을 끼치는 행동이 여행이라고 한다. 여행은 행복의 종합선물이고 행복의 뷔페라고 한다. 인생이 여행이라면 우리의 인생은 행복해야 한다. 행복한 인생을 살아야 한다. 행복을 구성하는 또 다른 요소들이 있다고 한다. 걷기, 말하기, 놀기, 먹기, 벗어나는 경험하기다.

이것들이 모두 여행 안에 있다. 그래서 여행이 행복의 종합 선물이라고 한다. 우리 인생 여행도 그렇다. 적당한 걷기는 건강한 몸을 위한 것이기도 하고 적당한 운동은 우리 뇌에 필요한 산소를 원활히 공급기도 한다. 사람들과 말하기는 삶에 활력을 주고 살아 있음을 자각하게 한다. 노는 것은 즐거운 일이다. 즐겁지 않은 인생이 어찌 행복할 수 있겠는가. 좋아하는 일을 하는 것을 초월하여 하는 일에 의미와 가치를 부여하자. 일이 의미와 가치를 내재할 때 생명을 잉태한다. 잘 먹는 것이 얼마나 중요한가. 자연에서 만들어 내는 온갖 맛을 느끼는 행복감은 크다. 벗어나는 일탈을 경험하자. 일상의 분주함에서 벗어나 마음의 내면을 자주 거니는 일탈의 경험을 하자. 물리적으로 익숙한 공간을 벗어나 창조주가 빚어 놓은 아름다운 자연을 감상해 보자. 익숙했던 사람들에게서 벗어나 처음 만나는 사람들과 미소를 짓고 만나 보자. 항상 다니는 길가에 있는 것들도 사랑스럽게 바라보자. 새롭게 보이는 것들이 있을 것이다. 나태주 시인의 시 「풀꽃」을 보자.

자세히 보아야 예쁘다.

오래 보아야 사랑스럽다.

너도 그렇다.

같은 풀꽃을 보아도 다르게 보인다.

그럴 때 꽃이 꽃답게 되고 그 꽃을 바라보는 우리도 행복해진다.

사랑과 존중을 담아 사람들을 보자. 우리 모두 꽃이 된다.

건강한 그리스도인

헬스장에는 왜 날씬하고 건강한 사람들이 더 많을까? 비만이거나 과체중으로 보이는 사람들이 더 많아야 할 텐데 말이다. 이른 아침이나 저녁에 러닝머신에서 열심히 달리면서 땀 흘리는 사람들은 대부분 건강해 보이는 몸매를 가졌다. 의외로 운동이나 다이어트가 필요해 보이는 사람들은 소수다. 왜 그럴까 궁금했다.

건강에 관심이 많고 건강을 잘 유지하려고 노력하는 사람들은 그 노력으로 좋은 몸매를 유지하는 경우가 많고, 관심은 있으나 노력이 부족한 사람들은 비만이 되고 건강에 적색이나 황색 경고등이 켜지는 경우가 많은 것 같다. 누구나 건강한 몸을 원하지만 건강한 몸은 건강을 잘 관리하는 사람의 몫이 된다. 건강한 육체와 건강한 정신은 삶을 활력 있게 만든다. 인생을 잘 살아갈 수 있도록 돕는다.

반면에 건강하지 못한 육체와 정신은 인생을 힘들게 한다. 그러므로 우리는 영육이 건강하도록 노력해야 한다. 이른 아침 눈을 비비고 헬스장에 가서 운동하는 노력이 건강한 몸을 만들어 준다. 이런 노력으로 건강한 몸을 만든 사람은 자신의 노력으로 건강을 유지하고 있다는 믿음으로 지속적인 노력을 하게 된다. 지금 건강하다고 건강 관리를 소홀히 하면 다시 나빠진 몸을 확인하게 된다. 운동의 종류와 방법은 다를지라도 자신의 체력과 몸 상태에 맞는 운동을 하면 된다. 중요한 것은 운동을 꾸준히 해야 한다는 것이다. 건강을 지키기 위한 또한 가지 중요한 것은 몸에 좋은 음식을 가려 먹어야 한다는 것이다. 우리의 입맛을 자극하는 음식들은 대부분 몸에 해로운 것들이 많다. 예를 들면 단맛을 내는 음식들은 건강에 좋지 않은 영향을 주는 당분이 다량 함유되어 있다. 그렇지만 우리는 당분을 무척 좋아한다. 몸에 나쁘다는 사실을 알면서도 섭취를 한다.

건강한 육체를 위해 지속적인 운동과 몸에 좋은 음식을 선택해서 섭취해야 하는 것과 마찬가지로 건강한 정신을 위해 할 일도 있다. 건강한 정신은 건강한 영혼과 마음을 의미한다. 정신에도 비만이 있을 수 있고 비만으로 인한 합병증도 발병할 수 있다. 정신도 편식으로 인한 영양 결핍이 발생할 수 있다. 사람답게 살아가도록 하는 옳은 지식과 지혜를 습득해야 한다. 날마다 배워야 한다. 몸을 위해 삼시 세끼 음식을 먹어야 하고 꾸준히 운동해야 하는 것과 같다. 그러나 다양한 지식을 배우고 지혜를 깨달아도 삶에 적용하지 않고 실천하지 않으면 정신적 비만이 온다. 많이 먹고 운동하지 않아 육체적 비만이 찾아오는 것과 같은 이치다. 정신적 비만은 많이 알고 깨달았지만, 머릿속 지식을 실천 칼로리로 소모하지 않아 생기는 현상이다. 정신적 비만의 가장 큰 부작용은 지식과 지혜의 교만이다. 성경에 교만은 패망의 선봉이며 일만 악의 뿌리라는 말이 있다. 알고 있는 것으로 자랑하는 행위가 교만이 될 수 있다. 날마다 습득한 바른 지식과 깨달은 지혜를 자신의 삶에 구체적으로 적용하며 실천하는 사람이 건강한 정신의 소유자가 된다. 정신적 빈곤이나 영양 결핍도 주의해야 한다. 바른 지식을 습득하는 노력이 없으면 정신적 빈곤을 초래할 수 있다. 건강한 영양분이 되는 지식과 지혜를 균형 있게 취하지 않으면 영양 결핍이 될 수 있다. 정신이 건강한 사람이 선한 사람이고 지혜로운 사람이다. 사랑이 많은 사람이다. 선한 지혜로 사랑을 실천하는 사람이다. 이런 사람이 건강한 그리스도인이다.

작은 습관의 힘

작은 것이 반복될 때 위대한 능력을 발휘한다는 진리를 확인할 수 있는 책을 읽었다. 제임스 클리어라는 작가의 『Atomic Habits』이다. 아주 작은 습관의 힘에 관한 책이다. 빗방울이 바위를 뚫는다는 의미인 수적천석(水適穿石)처럼 일상의 작은 변화를 지속할 때, 상상도 못한 일을 경험한다는 깨우침이 나를 자극했다. 매일 별다를 것 없는 일상을 사는 것 같지만 작은 일상 속에서 꾸준히 반복하는 행동의 결과는 시간이 지난 뒤에 결과로 나타난다. 봄에는 아무 열매도 보이지 않는 나무지만, 가을이 되면 과실의 열매를 주렁주렁 달고 나타나는 것과 같다. 이 이치를 알기에 나는 경영자로서 기업의 성과 만드는 일에 매일 매진한다.

며칠 전에 직원들에게 한 말이 생각난다.

"악한 생각과 행동을 매일 반복하면 생각한 것보다 훨씬 안 좋은 인생이 되고, 선한 생각과 행동을 매일 반복하면 생각한 것보다 훨씬 더 좋은 인생이 된다. 여기서 말하는 악한 행동이란 사회적 규범과 법에 어긋나는 것만을 뜻하는 것이 아니라 가족과 이웃을 사랑하지 않는 것, 감사하지 않는 것, 교만한 것, 게으른 것 등을 포괄한다. 그러므로 선한 행동은 사랑하는 것이고, 용서하는 것이고, 모든 일상에 감사하는 것이고, 성실한 것이고, 겸손한 삶을 말하는 것이다."

우리 무의식에 자리 잡는 습관의 힘은 위대하다. 나쁜 습관으로 살면 인생이 불행해지고, 좋은 습관으로 살면 행복해진다. 사실, 내 의지로 해야 할 행동과 하지 말아야 할 행동을 구분하고 지키는 것은 쉽지 않지만, 삶의 목표를 확실히 정하고 목표에 대한 강한 믿음과 확신이 있으면 습관을 만들기 수월해진다.

성경의 말씀들이 내 인생의 진리인 것을 굳게 믿게 되었다. 성경을 읽는 습관이 만들어졌다. 성경을 삶에서 실천하는 일이 기뻐졌다. 성경 말씀을 실천하는 일이 기쁘고 잘 되는 일이라는 걸 믿게 되니 더 기쁘게 실천했다. 실천이 반복되니 성경 말씀이 체험이 됐다. 기쁘고 감사하니 모든 상황에서 하나님을 떠올린다. 하나님 뜻대로 살아가는 삶이 된다. 참으로 감사하다.

정보다 신뢰

살다 보면 사람끼리 정(情)이 든다. 미운 정, 고운 정 든다고 하지 않나. 그런데 사람 간에 쌓인 정은 동전의 양면 같다. 정은 오랫동안 지내 오면서 생기는 사랑하는 마음이나 친근한 마음이라는 뜻이 있다. 그래서 좋은 관계를 유지할 수도 있지만 정 때문에 관계를 망칠 수도 있다. 정은 익숙함으로 만들어진다. 막연히 좋은 관계가 될 수 있다. 그러다가 어느 날, 서로의 기대에 어긋나는 상황을 만날 때 순식간에 관계에 문제가 생기고 마침내 서로에게 상처를 안기는 관계가 되는 경우가 얼마나 많은가.

신뢰는 어떤가. 사람 간에 만들어지는 신뢰는 오랜 기간 노력이 필요하다. 상대를 배려하는 마음을 잃지 않아야 한다. 상대를 존중하는 마음이 항상 열려 있어야 한다. 정직한 말이나 태도를 유지해야 한다. 변함이 없는 좋은 성품을 갖추어야 한다. 나의 손해를 감수하더라도 상대에게 손해를 끼치지 않도록 노력해야 한다. 신뢰 있는 사람이 되기가 쉽지 않다. 그러나 신뢰의 능력은 정말 크다. 무에서 유를 만들기도 한다. 가난에서 벗어나고 하나님 보시기에 더 멋진 인생을 만들 수도 있다. 믿을 수 있는 사람으로 살아보자. 분명히 더 멋진 세상을 만날 수 있을 것이다.

그렇지만 사람을 신뢰하는 마음은 깨지기 쉽다. 그러나 하나님을 신뢰하는 믿음의 힘은 놀랍다. 하나님을 신뢰하는 믿음이 절대로 깨어지지 않는 이유를 생각해 보았다. 하나님은 절대로 어긋남이 없으신 분이시기에 신뢰가 깨지지 않는 것이다. 어린아이가 부모를 절대 신뢰하는 것과 같이, 하나님을 절대로 신뢰하며 살아야 한다. 하나님을 신뢰하는 것처럼 우리 또한 신뢰할 수 있는 사람으로 성장해야 한다. 믿을 수 있는 사람으로 산다는 것이 얼마나 복된 삶인 줄 마음 깊이 깨달았기 때문에 그렇다.

흔들리는 꽃

마스크를 벗고 숨을 쉬고 싶어서 회사 건물의 옥상으로 올라갔다. 봄날 화려했던 철쭉꽃이 흔적도 없다. 앙상한 철쭉나무 줄기들만 눈에 들어왔다. 철쭉나무 더미에 무심히 걸쳐 있던 내 눈길 안에 꽃 한 송이가 들어왔다. 한 뼘 정도 되는 키에 연분홍빛 꽃잎 한 송이가 피어 있다. 가까이 갔다. 이름 모르는 꽃인데 소담스럽다.

자세히 보니 미세하게 흔들린다. 연분홍 꽃잎도 흔들리고, 가녀린 줄기도 흔들린다. 삶을 닮았다. 날마다 흔들리는 내 마음을 닮았다. 센 바람이 불거나 폭우라도 쏟아지면 뽑힐 것 같은 연약한 꽃 한 송이가 흔들거리고 있다.

그런데 흔들리고 있을 뿐, 예쁘다. 숨 쉬러 올라온 건물 옥상에서 마음의 위안까지 얻었다.

마지막 소원 기도

 오늘 밤, 하나님께서 천국으로 부르신다면 오늘 나는 무엇을 기도해야 할까. 아직 해 보지 못한 도전도 해 보고 싶고, 아직 가 보지 못한 나라도 여행해 보고 싶으니 조금 더 수명을 연장해 달라고 기도할까? 아직 회사에 할 일이 많으니 조금 더 살게 해달라고 기도할까? 지금 세상을 떠나기엔 남겨지는 아내와 아들이 감당해야 할 책임과 부담이 너무 크니 조금 더 시간을 달라고 기도할까?

 누군들 죽음을 거부할 수 있을까. 누군들 내 의지로 내 수명을 연장할 수 있을까. 어느 날 불쑥 나에게 그 마지막 순간이 찾아오면 기쁘게 받아들이고 싶다. 지금까지 내 삶을 축복하셔서 많은 것을 누리게 하신 은혜에 감사하고 싶다. 감사와 기쁨으로 그 순간을 맞으려면 지금의 내 삶이 어떠해야 할까 하는 생각이 든다. 언제 어디서나 후회 없이 미련 없이 감사하는 마음으로 그 순간을 맞으려면 어떤 준비가 필요하지 않을까 하는 생각이 든다.

 내 삶의 마지막 순간이 왔을 때 어떤 준비가 되어 있어야 담담하게 받아들이고 감사하고 기뻐할 수 있을까? 막상 그 순간이 닥치면 과연 그럴 수 있을까? 한번 경험해 보았다면 자신 있게 말할 수 있을 텐데 우리에겐 그런 경험을 할 기회는 없다. 다만, 그 순간이 어느 날 찾아

오면 모든 것 내려놓고 받아들여야 한다.

삶 속에서 우리는 많은 것을 소유한다. 살면서 더 많은 것을 소유하고 싶어 한다. 돈을 많이 벌어서 통장 잔고에 표시되는 숫자를 올리고 싶어 한다. 돈이 주는 혜택이 정말 많기 때문이다. 일하고 싶지 않을 때 안 해도 되는 건 돈이 있기 때문이다. 여행 가고 싶을 때 가고, 타고 싶은 차를 타고, 살고 싶은 집에서 살고, 입고 싶은 옷을 입고, 먹고 싶은 것을 먹을 수 있는 것은 돈의 능력이다. 그러니 돈을 벌고 싶어 한다. 많으면 많을수록 더 많은 것을 소유할 수 있으니 더 많은 돈을 벌고 싶어 한다. 명예도 소유하고 싶어 한다. 사람들의 인정과 존경을 받을 수 있기 때문이다. 그래서 명예를 얻기 위해 노력을 한다. 권력을 소유하고 싶어 한다. 사람들의 섬김을 받을 수 있기 때문이다. 원하는 대로 사람들을 움직일 힘이 생기기 때문이다.

간혹, 자녀도 소유하려고 한다. 부모가 원하는 대로 자녀의 진로를 정하고 부모의 바람대로 자녀를 움직이려고 한다. 더러는, 배우자도 소유하려 한다. 내 기분과 내 성격을 배우자가 맞춰 주길 원한다. 물질을 소유하려 하고, 사람도 소유하려 한다. 돈이 있으면, 권력이 있으면, 지위가 있으면 내 마음대로 할 수 있다는 잘못된 생각을 하도록 한다. 내 마음대로 할 수 있는 것들이 많다고 생각하니 그 소유의 대상들에 얼마나 집착하고 내려놓기가 힘들겠는가. 그러나 소유에 대한 집착이 강할수록 삶을 힘들게 한다는 사실을 우리는 알아야 한다.

소유에 대한 집착은 죽음을 두렵게 만든다. 내려놓기가 너무나 힘들기 때문이다. 소유에 대한 집착으로 죽음이 두렵다는 것은 삶이 힘들다는 역설이 된다. 소유욕은 만족을 모르게 한다. 소유하면 할수록 더 소유하고 싶게 만드는 것이 소유의 유혹이다. 채워지지 않으니 만족이 안 되고, 만족이 안 되니 늘 갈급하고 욕심이 생긴다. 채워지지 않는 마음은 감사의 마음을 메마르게 한다. 그렇다고 소유가 불필요하다는 말이 아니다. 소유하되 소유한 대상이 하나님에게서 왔다는 것을 인정하면 된다. 소유한 대상의 주인이 내가 아니라 하나님이 주인이신 것을 믿으면 된다. 그러면, 내려놓기가 쉬워진다. 애초부터 내 것은 없다는 것을 인정하고, 하나님이 이 세상사는 동안에 내게 맡겨 주신 것임을 인정하면 된다. 내게 맡겨 주신 것을 하나님의 뜻대로 준행하면 축복 된 삶을 약속하셨다.

똑같은 씨앗을 받았지만 길가, 돌밭, 가시밭은 축복의 열매를 맺지 못했다. 하지만 옥토 밭은 30배, 60배, 100배의 결실을 거두게 하셨지 않은가. 씨앗은 내 것이 아니었지만 흙은 그 씨앗을 받아 열매가 잘 맺도록 자기 흙을 뒤집고 개간했다. 처음부터 내 것이 아닌 것은 내려놓기가 쉽다. 죽음을 담담하게 받아들일 수 있는 이유다. 그동안 삶 속에서 많은 것을 누리고 행복하게 살도록 해 주셔서 감사했다고 하나님께 말할 수 있게 된다.

평소 나의 소원은, 나의 이름으로 된 소유물들과 나의 자녀들이 내 것이 아닌 하나님의 소유인 것을 인정하고 살아가는 것이다. 나에게 허락된 가정과 일터, 그리고 가족들을 사랑하고 섬기는 삶이 되는 것이다. 할 수 있는 능력 안에서 이웃 사랑을 행하는 것이다. '나의 마지막 소원 기도는 무엇이 될까?' 생각해 봤다. 내 아내가 남아 있기를 바라고 아내를 위한 소원을 말할 것이다. 부디 건강히 지내라고 꼭 건강하게 살라고 말할 것이다. 당신을 만나 행복했다고, 당신이 나와 함께 살아 줘서 내 부족함이 채워지고 당신이 있었기에 내가 빛났다고, 모든 것이 당신 덕분이었으니 고맙다고 할 것이다. 아들 내외와 손자들에게 당신의 사랑과 지혜와 덕이 영향을 끼칠 것이니 하나님의 사랑 안에서 행복하기를 빈다고 소원 기도할 것 같다.

아들 내외와 손자들에게 소원할 것이 있을 것 같다. 예수님과 꼭 동행하는 삶을 살라고 할 것이다. 나도 예수님이 동행해 주셨기에 지금까지 축복받고 살았다고 말할 것이다.

나 자신에게 소원하는 기도도 있다. 아들에게 유산은 못 남겨도 빚은 넘기지 않기를 바란다. 하나님이 허락하신 기업이 아내와 아들에게 혹시 남겨진다면 기업을 잘 운영할 수 있는 지혜를 생전에 잘 물려주기를 소원한다. 그 지혜들은 하나님이 주시는 것이니 아들이 그 지혜를 잘 배우길 소원한다. 솔직한 마음은, 기업이 대대로 이어져서 하나님의 뜻을 잘 실행하는 하나님의 기업으로 영속되기를 소원한다.

소원이 이루어지길 하나님께 기도한다.

지금의 내가 좋다

먼지 쌓인 지난 앨범을 꺼냈다. 불현듯 옛날을 보고 싶었다. 나의 이삼십 대 모습, 왜 그렇게 말랐었나. 제대로 못 먹고 영양분이 부족한 사람 같았다. 지금은 과체중이어서 힘들게 유산소 운동하고 16층 아파트 계단을 오르면서 체중 좀 줄여 보겠다고 안간힘을 쓰는데. 머리는 왜 그렇게 장발이었나. 얼굴과 귀가 덮이도록 길렀었다. 지금은 귀가 훤히 보이도록 2~3주에 한 번은 머리카락을 자르러 미용실에 가는데. 옷은 왜 그렇게 헐렁하게 입었었나. 빌려 입은 옷같이. 지금은 앉으면 바지가 터질 걱정을 하면서도 엉덩이와 다리가 날씬해 보이도록 입는데. 표정은 왜 그렇게 어두웠던가. 웃을 일이 그렇게 없었던가. 자연스럽게 웃는 표정이 몇 장 없다. 자주 웃지 않았으니 웃어도 어색하다. 지금은 웃지 않는 표정으로 남긴 사진이 없는데.

나는 지금의 내가 좋다.
적당히 살이 쪄서 마르지도 비만하지도 않은 내가 좋다.
온통 흰머리에 적당히 단정한 헤어스타일을 가진 내가 좋다.
가끔은 흰 바지도 입는 맵시 부리는 내가 좋다.

무엇보다 좋은 것은 온화하게 미소 짓는 내 표정이 좋다. 일하면서 가끔은 무뚝뚝하고 성난 표정도 짓기는 하지만 이내 고칠 정도로 지금의 내 표정을 사랑한다. 70세가 되면 더 편한 표정이 되겠지. 80세, 90세가 되었을 때 내 표정은 어떨까. 점점 좋아질 내 표정을 기대한다. 불혹의 나이에는 자기 얼굴에 책임을 져야 한다고 했는데 너무 늦지는 않았나. 어쩌랴, 이미 지나간 세월을. 지금의 내가 좋고 앞으로 더 좋아지면 되지 않겠나.

우리 부부

아내와 결혼한 지 36년

단칸 월세방에서 신혼을 시작한 우리 부부,

상호부금 가입 3개월 후에 두 보증인의 도움을 받고 대출받아 결혼
식을 했다.

단체 관광버스 타고 설악산으로 신혼여행을 다녀와 시작한 결혼 생
활이 아득하다.

그때 모습이 문득 보고 싶어져서 오래된 사진이 담긴 앨범을 꺼냈
으나 결혼사진 말고는 변변한 사진이 없다. 결혼의 낭만을 뒤로하고
팍팍한 삶을 사느라고 여유로운 시간을 갖지 못했기 때문일 게다.

아들이 태어났다.

아들을 나에게 안겨 주고 아내는 목숨을 잃을 뻔했다.

출산의 위험이 얼마나 큰 것인지

그 순간을 생각하면 지금도 아찔하다.

미국 출장 중에 일어난 일을 아내는 홀로 감당했다.

그 아들이 장가를 가서 7살, 3살 두 아들 아빠가 됐다.

우리 부부는 어느덧 사랑스러운 두 손자의 할아버지 할머니가 됐다.

우리 부부가 살아온 36년,
아들과 며느리가 이룬 가정을 흐뭇하게 본다.
아들 부부가 두 아들을 낳아 키우는 모습을 대견스럽게 바라본다.

우리 부부는 아들 결혼 후 다시 둘만 산다.
젊고 철없어 얼굴 붉히고 살았던 때를 떠올리면 부끄러워지는 나이가 된 우리 부부
고단한 삶의 문제를 해결하느라 강퍅하게 살았던 때를 추억하며 미소 지을 수 있는 나이가 된 우리 부부
어느덧 힘들었던 지난날 기억하며 허허 웃을 수 있는 나이가 되었구려.
우리 건강하고 행복하게 살자. 그리고 사랑하자. 꼭 그렇게 살자.

아내와 1박 2일

일상을 벗어나 보면 평안해지고 행복해진다. 매일 출근해서 일하는 직장과 매일 비슷한 모습으로 살아가는 집을 벗어나 자연을 찾고 새로운 공간과 문화를 체험하면 일상의 스트레스를 벗어 버릴 수 있다. 그래서 여행을 간다. 굳이 해외까지 가지 않아도 자연을 체험할 수 있는 곳, 낯선 도로, 낯선 풍광, 낯선 사람들을 만나는 것만으로도 마음이 홀가분해진다.

둘만의 공간! 서너 시간째 호남고속도로를 달리는 승용차 안에 우리 부부만 있다. 우리 부부는 일 년에 한 번은 자동차로 1박 2일 무작정 여행을 떠난다. 운전하는 내내 대화도 많지 않다. 그래도 우리 부부는 이 여행을 좋아한다. 세상 소음을 차단하고 골치 아픈 일도 내려놓고 이런저런 걱정도 잊고 둘만의 공간에서 달리는 차량의 창밖 풍경을 보면서 느낌이 오는 대로 툭툭 말한다. "날씨가 좋지?", "비 오는데 음악 들으면서 둘만 있으니 연애할 때 생각나네." 하는 소소한 대화를 한다. 대화가 한동안 끊기다가도 문득문득 지나온 우리 삶이나 아들, 며느리, 손자들, 가족, 지인들의 이야기를 생각나는 대로 말해 본다. 그러면 꽤 오래 그들을 주제로 대화를 나눌 수 있다. 조금도 지루하지 않다. 그러는 사이에 어느덧 목적지인 여수에 도착했다.

여수는 처음이다. 호텔만 예약하고 떠난 여행이지만 설렌다. 버스커버스커가 부른 「여수 밤바다」 노래를 자꾸 읊조리게 된다. 노래를 부르는 것이 아니라 가사를 외우지 못해 '여수 밤바다… 여수 밤바다…'만 반복해서 멜로디에 실어 기분만 낸다. 동백섬이라고 부르기도 하는 오동도에 갔다. 만개한 동백꽃은 아니었지만 만개했던 흔적이 곳곳에 남아 있다. 수줍은 얼굴 뺨에 홍조가 오른 것 같은 불그스름한 빛깔이 참 좋다. 동백나무 길을 오솔길 걷듯이 걸으면서 나무 틈 사이로 펼쳐진 남해를 본다. 남해에는 작은 섬들이 많다. 이름 모를 섬들을 품고 있는 남해는 소담스럽게 사랑스럽다.

오동도를 돌아 나와 어스름한 저녁에 여수 밤바다를 보려고 바닷가로 갔다. 어둠이 깔리고 바람에 출렁이는 바다가 불빛에 반짝인다. 우리 부부 둘만의 1박 2일이 즐겁다. 서로 애틋한 마음이 있어 행복하다. 오래오래 이 마음으로 서로를 바라보고 행복하리라.

공평한 시간의 위대한 능력

세상은 불공평한 것이 너무 많다. 자신이 선택하지 않았지만 주어지는 환경과 상황적인 차이다. 재산이 많은 부유한 가정에서 태어난 사람과 가난한 가정에서 태어난 사람은 공평하지 않다. 외모의 차이도 있다. 교육을 많이 받은 사람도 있고 적게 받은 사람도 있다. 높은 지능지수를 가지고 태어난 사람도 있고 그렇지 않은 사람도 있다. 부유한 나라에서 태어난 사람도 있고 가난한 나라에서 태어난 사람도 있다. 미세먼지가 많은 우리나라에서 건강을 걱정하는 사람들도 있고 청정지역에서 미세먼지를 경험하지 못하는 사람들도 있다.

오직 한 가지, 공평한 것이 있다. 어디에 살든 어떻게 살든 누구에게나 똑같이 주어지는 시간이다. 유일하게 누구에게나 공평하게 주어지는 시간은 많은 것을 가능하게 만드는 위대한 능력이 있다. 어린 시절 개개인의 수준은 비슷했다. 그러나 20년 후, 30년 후, 50년 후는 확연히 차이가 나는 삶의 모습을 본다. 가난한 가정에서 자란 사람이라도 공평하게 주어진 시간이라는 자산을 잘 사용해서 경제적인 부를 이룬다. 학업을 꾸준히 수학해서 학문의 성취를 이룬다. 노력 끝에 예술의 경지에 이르기도 한다. 육체의 고통을 견디며 연습한 결과, 실력이 뛰어난 운동선수가 되기도 한다. 긴 시간 동안 인격을 잘 연마해서 사회적 존경을 받는 사람도 많다. 반면에, 성공해서 이룬 것들과 성취해서 쌓은 업적들을 관리하지 못해서 하루아침에 모두 잃는 경우도 본다. 성공과 성취는 오래 걸리지만, 이 모든 것을 붕괴시키는 시간은 매우 짧다.

공평한 시간! 위대한 자산임을 잊지 말자. 성공과 성취는 하루아침에 이루어지지 않지만, 시간에 들이는 노력은 우리를 절대 배신하지 않는다는 것을 잊지 말자.

원형 탈모가 생겼다

"어, 고객님! 탈모가 생기셨네요." 뒷머리를 다듬던 단골 미용실 원장이 놀라서 한 말이다. 그 말을 듣는 순간 마음이 덜컹 내려앉았다. "탈모라니…." 머리숱 하나만은 풍성해서 탈모는 남의 일로만 생각했는데 탈모라니. 걱정이 훅 들어왔다. 지금은 부분적인 탈모라서 가려질 수 있지만, 탈모가 더 진행되면 큰일이다.

"요즘 스트레스받을 일이 많으셨나 봐요?" 미용실 원장이 이어서 말했다. "아, 네. 지금 생각해 보니 스트레스가 많았네요." 탈모라는 말에 충격을 받고 생각해 보니 그랬다. 석 달 전부터 코로나19 때문에 회사 매출이 급락했다. 회사 경영에 심각한 위기가 온 것이다. 너무나 갑작스럽게 당한 일이라 당황스러웠다. 그때부터 스트레스를 심하게 받았으리라. 그 무렵, 동시에 추진한 신사업이 계획대로 진행되지 않았다. 이 또한 대단한 스트레스로 나를 괴롭히고 있었다. 신사업을 포기할까도 생각할 만큼 힘들었다.

탈모가 스트레스로 연결되어 더 힘들어졌다. 스트레스를 덜 받아야 탈모가 더 진행이 안 되고 빠졌던 머리카락이 다시 날 텐데. 스트레스 자체도 나를 너무 괴롭게 하니 마음의 평안을 회복해야 할 텐데. 생각이 많아졌다.

세상일이 나의 마음대로 되지 않을 때가 얼마나 많은가. 할 수 있는 최선을 다하고 순리에 맡겨야 하는데 여전히 나는 부족하다. 스트레스와 걱정에 대한 마음 관리가 여전히 서툴다. 사업하는 동안 수많은 고난을 겪었고 수많은 극복을 한 경험이 있지만 어려운 일을 만나면 언제나 허둥대고 마음이 쪼여진다. 좀 더 담대할 수 없을까. 때로는 잃을 수도 있는데, 내 모든 것을 잃는 것이 아니면 절망할 것 없는데, 왜 내 마음은 이리도 연약할까? '기도하자.' 기도하면 마음에 큰 위로가 되곤 했다. 무언가를 이루어 달라는 기도가 아니고, 내가 이루고자 하는 것들을 내려놓는 기도다. 스스로 할 수 있는 만큼만 열심히 하고, 내 손이 닿지 않는 바람은 전지전능한 자에게 맡기는 기도다. 지난 세월 회상해 보면 그랬다. 맡길 때 이루어졌다. 비울 때 채워졌다. 항아리는 스스로 속을 채우지 않는다. 비워 놓으면 무엇이든 필요한 것들이 채워진다. 비우자! 머리카락은 말고!

단순하게 집중하는 기쁨

텃밭이 있었다. 고추도 심고, 고구마도 심었다. 농사를 해 보지 않아 서툴렀고 허리도 아팠다. 그런데, 한 가지 좋은 점이 있었다. 텃밭일을 하는 시간은 아무런 걱정이 안 됐다. 단순히 지금 해야 할 일만 하면 되니까 정신이 맑아졌다. 잡념도 생기지 않는다. 몸은 힘들어도 염려나 걱정이 사라지니 생각이 단순해졌고 마음이 평안했다. 허리만 안 아프면 긴 시간 텃밭 일을 하고 싶을 정도다. 일상에서도 이런 삶을 살면 좋겠다. 도시에 사는 사람은 꿈도 꾸지 말아야 할까? 어쨌든 증명은 됐다. 염려와 걱정은 우리를 대단히 괴롭게 만들고 건강까지 해친다는 것을.

그러면, 노력해 보자. 쓸모없는 걱정과 염려가 우리 걱정의 90% 이상을 차지한다니 걱정을 잡초라고 생각하고 뽑아 보자. 잡초는 매일 뽑아 주면 힘들지 않지만 방치한 시간이 길어질수록 제거할 엄두가 안 날 정도로 무성해진다. 잡초 같은 걱정과 염려거리를 매일 내 생각 테이블에 올려놓자. 그리고 자세히 살펴보자. 내가 해결할 수 있는 건지, 아니면 자연의 순리에 맡겨야 하는 건지. 대부분의 걱정은 막연한 불안에서 비롯된다. 객관적인 시선으로 자세히 분석하면 스스로 해결할 일과 그렇지 않은 일이 구분된다.

스스로 할 수 있는 작은 일부터 하자. 그러는 동안에 심하게 압박했던 걱정들이 점차 감소하고 해결되는 경험을 많이 했다. 걱정은 순식간에 우리 마음을 파고든다. 걱정과 놀아 주지 말고, 단순하게 집중할 수 있는 일이나 놀이를 하고, 의도적으로 걱정을 회피해 보자. 한적한 자연을 아무 생각 없이 바라보는 시간을 가져 보는 것도 도움이 된다.

그러나 무엇보다 그리스도인으로서 가장 큰 기쁨은 하나님께 집중하는 것이다. 하나님의 말씀에 집중하는 것이다. 모든 삶이 단순해진다. 진리 하나만 보게 하시기 때문이다. 걱정도 사라지게 하신다. 마음에 평안이 찾아온다.

굿 바이, 걱정!

독대의 은혜

사업 초창기에 어려움을 많이 겪었다. 돈이 늘 필요했다. 담보도 없었고 기업의 신용도 쌓지 못했기에 은행 문턱은 높기만 했다. 비싼 이자를 갚아야 하는 사채를 쓸 수밖에 없었다. 은행에서 대출을 받을 수만 있다면 이자를 4분의 1로 줄일 수 있었다. 어느 날, 거래하던 은행 지점에서 연락이 왔다. 지점장을 만날 기회를 주겠다고 한다. 그 은행을 자주 갔지만, 지점장은 언감생심 만날 엄두도 못 낼 때였다. 그런데 지점장과 독대할 수 있게 해 줄 테니 잘 말해서 소액이라도 신용대출을 성사시켜 보라는 은행 직원의 호의였다. 지점장실에 들어가는 내 마음은 긴장이 가득했다. 최선을 다해 현재 사업 현황과 향후 계획을 지점장께 말하고 간절하게 부탁을 했다. 며칠 후, 연락이 왔다. 작은 액수지만 신용대출을 해 주겠단다. 뛸 듯이 기뻤다. 은행 대출금만큼 사채를 안 쓰니 이자가 대폭 줄었다, 더 신나는 일이 연달아 일어났다. 사채를 빌렸지만, 이자를 꼬박꼬박 잘 갚았던 성실함 때문이었을까, 사채 이자율도 내려 주고 사업 자금이 필요할 때는 언제든지 말하라고 한다. 든든했고 힘이 났다. 결정권자인 지점장의 호의로 시작된 은행 대출은 초기 사업 기반을 잡는 데 큰 힘이 되었다.

사업을 영위한 지 29년이 지나가고 있다. 바람과 같이 지나간 긴 세월을 보내는 동안 많은 사람에게 은혜를 입었다. 고마운 분들이었다. 두고두고 기억하며 감사해야 할 분들이다. 인생도 중장년을 맞이하면서 생각이 많아진다. 내 인생의 결정권은 누가 쥐고 있을까? 당연히 나일까? 그렇게 생각했었다. 하나님을 알기 전에는. 나는 주어진 시간과 환경 안에서 한 치 앞도 모르고 살아갈 뿐인 미약한 존재일 뿐이다. 아무리 정밀하게 예측하고 계획해도 나의 뜻대로 정확하게 이루어진 경우는 없었다. 오직 한 분, 하나님만 내 인생을 결정하실 수 있는 분임을 알았다. 참으로 많은 고난을 겪고 나서야 말이다.

하나님과 독대할 수 있는 은혜를 입었다. 은행 대출을 결정할 수 있는 지점장과 독대함으로 돈에 대한 숨통을 텄는데 하나님은 내 인생의 숨통을 터 주실 분임을 믿게 되었다. 그래서 날마다 하나님과 독대한다. 은행 지점장과는 시간 약속을 해야 만날 수 있지만, 하나님은 언제든지 만나 주신다. 내가 원할 때 즉각 만나 주신다. 단 한 번의 예외도 없이. 하나님은 무슨 문제든지 어떤 걱정거리든지 다 들어 주신다. 사업 초창기에 지점장에게 간청했던 간절한 마음으로 하나님께 기도한다. 그분이 내 인생의 결정권자이신 것을 신뢰하면서.

인생의 길을 걷지만 갈 길을 모르고 막막할 때가 얼마나 많은가. 갈등을 풀고 싶은데 무엇이 옳은 방법인지 모르겠고, 돈 문제와 걱정거리를 어떻게 해결해야 할지 모르는 답답한 마음인 채로 시간을 무겁게 흘려보내는 날이 얼마나 많은가. 다급한 돈 문제가 즉시 풀리기를 원하고, 갈등의 원인이 된 상대방이 먼저 변하길 바라고, 마음을 무겁게 짓누르는 걱정거리들이 즉시 해결되길 바라지만 마음뿐이다. 답답한 마음이지만 하나님과 독대하면 해결책을 주신다.

세상의 결정권자와 독대하는 것과 하나님과 독대하는 것은 다르다. 세상적인 해결은 즉각적이고 임시적인 것들이지만, 하나님은 영원한 해결책을 주신다. 지금은 손해 보는 것처럼 느껴도 결국은 유익한 길로 인도하신다. 세상적인 해결책은 삶 속에서 만나는 현실적이고 단기적인 문제들을 풀기 위한 것이지만 하나님의 해결책은 인생의 문제를 풀기 위한 것이다.

인생의 문제가 무엇이고 그 해결책은 무엇인지 알 수 있다면 인생은 해결되지 않을까. 누군가는 지금 이 순간에도 너무 힘들어 그만 살고 싶다는 절망감을 느낀다. 하늘이 무너져 내린 것 같은 좌절감을 느낀다. 소망이 전혀 보이지 않아 주저앉아 버린다. 이렇게 힘든 삶을 누가 나를 대신하여 해결해 줄 수 있을까. 돈과 재물로 인해 벌어진 문제와 갈등이 얼마나 많은가. 자존심에 상처 입은 마음들이 서로 미워하고 분노하는 상황이 얼마나 많은가. 이해받지 못하고 존중받지 못해 상처 입은 마음의 문제는 어떤가. 사랑받지 못해 메마른 마음에 누가 단비를 내려줄 것인가. 나의 의지와 노력으로 해결할 수 없는 것이 많다는 걸 나는 알았다. 나의 능력으로 사람들을 변하게 할 수 있는가? 내가 원하는 그 사람의 모습으로 말이다. 그럴 수 없다. 나 자신도 나의 노력으로 얼마나 변화시킬 수 있을까. 믿을 수 없다. 나 자신을.

스스로 나의 근본을 변화시키는 것은 어렵다. 남을 변화시키기는 더 어렵다. 불가능에 가깝다. 유일한 방법이 있다. 예수님을 알면 된다. 예수님이 하나님의 독생자이신 것을 믿고 받아들이면 된다. 예수가 이 땅에 하나님으로부터 보내심을 받아 십자가에서 돌아가심으로 우리의 죄를 용서하셨음을 믿으면 된다. 돌아가신 지 3일 후에 부활하신 예수이신 것을 의심하지 않으면 된다. 예수님을 믿는 사람에게 성령을 주셨음을 믿으면 된다. 예수의 영인 성령을 내 안에 모시면 된다. 내 생각이 아니라 성령이 주시는 생각과 마음을 따라 살면 인생이 해결된다. 내가 변하고 다른 사람도 변하게 하는 능력 있는 삶이 된다.

> "아무것도 염려하지 말고 다만 모든 일에 기도와 간구로 너희 구할 것을 감사함으로 하나님께 아뢰라 그리하면 모든 지각에 뛰어난 하나님의 평강이 그리스도 예수 안에서 너희 마음과 생각을 지키시리라(빌 4:6-7)."

하나님과 날마다 독대하길 권한다. 하나님의 독생자인 예수의 영으로 거듭난 우리는 하나님을 아버지라고 부르는 큰 은혜를 입었다. 우리의 하나님 아버지는 우리의 간구를 원하신다. 모든 것을 해결하실 권능을 가진 전능자로서 우리의 필요를 채우시고 복 주시길 바라신다. 우리를 사랑하시기에.

멍든 꽃, 찬란한 꽃

비가 내린다. 연약한 꽃잎을 사정없이 때린다.

가냘픈 꽃잎이 견뎌내기엔 너무 가혹하다.

비는 꽃잎이 아파하는 줄도 모르고 계속 때린다.

아픔을 견뎌낸 꽃잎은 자기를 그토록 때려 댔던 빗물이 밉지도 않
은가보다.

빗방울을 품에 안고 햇빛을 받은 꽃잎은 영롱하게 빛난다.

여기저기 멍이 든 꽃잎을 안고서도 사랑스러운 꽃

그 이름 찬란한 꽃

사람은 누구나 흔적을 가지고 사는 것 같다.

마음의 상처다. 내 상처엔 꽃잎을 때린 빗물 같은 상대방이 있다.

그래도 그 빗물 가만히 머금고 영롱한 빛으로 반짝이는 멍든 꽃처럼

그래도 멍든 꽃잎인 채로 사랑스러운 그 꽃처럼

나의 삶도 꽃잎의 사랑을 닮고 싶다.

불만은 불편을 만든다

내 뜻대로 안 되면 불만이 많아진다. 오늘도 그런 날이다. 말로는 표현하지 않아도 마음에 불만이 가득하니 불편하다. 불편한 마음 때문에 심신이 무겁고 예민해진다. 별것 아닌 일에도 화가 난다. 퇴근 때까지 풀지 못한 불편한 마음을 집에까지 가져갔다. 아내에게 밝은 미소를 보여 주지 못했다. 아닌 척해도 짜증이 마음에 한가득하다.

아침나절부터 해결하지 못한 불만이 내 소중한 하루를 갉아먹었다. 이렇게 어리석은 마음을 왜 해결하지 못했을까? 내 뜻대로 안 되는 일이 많은 것이 세상 삶인 것을 너무나 잘 알고 있는데도 말이다. 불평하면 불만스러운 하루가 되는데도 나는 또 바보 같은 하루를 보냈다.

오늘 밤잠을 자고 일어나면 나아지겠지. 잠을 잘 수 있으니 얼마나 고마운가. 잠은 모든 걸 잊게 만든다. 적어도 잠자는 시간만큼은. 아침에 일어나 새 하루를 만나자. 내일은 내일의 해가 뜨지 않나. 불만스러웠던 것을 이해해 보자. 그럴 만했다고 생각하니 이해가 됐다. 이해하니 불만이 사라졌다. 불만이 사라지니 편해졌다. 기분 좋은 하루가 됐다. 아하! 편하고 불편한 건 내 마음에 달렸구나.

사람은 변할 수 없는 것일까

사람들은 말한다. 사람은 쉽게 안 변한다고. 대개 가까운 사람이 못마땅한 태도를 지속해서 보일 때, 그 사람에 대한 기대나 소망을 접고 싶은 마음이 들 때 하는 말이다.

안타까운 마음이 든다. 가까운 사람들이 좀 더 좋은 모습으로 변화되면 얼마나 좋을까. 변화되면 관계가 더 좋아지고 더 행복해질 수 있으니까 말이다. 하지만 가르침이나 조언으로 남을 변화시키는 것은 정말 어렵다는 사실을 경험으로 알았다. 이 전에는 가르치거나 충고해서 변화시킬 수 있다고 생각했지만 변하지 않는 사람들을 보면서 깨달았다. 그래서 사람은 안 변한다는 말에 고개를 끄덕이며 살았다. 그렇게 생각하던 나의 뇌리에 번개 같은 빛이 번쩍였다. 그 섬광 같은 빛은 나에게 속삭였다. '네가 먼저 변하면 돼.', '네가 바뀌면 너를 바라보는 사람도 바뀔 수 있어.' 내 마음이 대답했다. '그래, 그렇지. 내 생각은 내 거잖아. 내 생각이 바뀌면 내 인생이 바뀐다잖아.'

생각은 꼬리에 꼬리를 물었다. 나를 돌아보게 되었다. 일상에서 접하는 상황들에 대해 어떻게 대처하고 사는지, 나와 관계 맺고 사는 사람들의 말과 행동에 반응하는 나의 모습은 어떤지, 나의 자존심에 상처 주고 무례한 사람들을 대하는 나의 태도는 어땠는지. 무의식적인 본성에 이끌려 화를 내고 반응했던 나의 말과 태도들이 떠올라 얼굴이 뜨거워지고 부끄러워졌다. 내 생각을 그동안 너무 방치했다는 것을 뒤늦게 깨달았다.

'생각을 무의식적인 본성이 일으키는 대로 맡기면 안 되는데…' 하는 후회스러움이 느껴졌다. 왜냐하면, 생각이라는 것은 본성을 대변하는 것이 아니라 나의 존재를 나타내야 하기 때문이다. 죄성이 많은 본성은 나를 해되게 할 수 있다. 이기적인 속성이 나의 존재 가치를 하락시킨다. 남에게 무시당하거나 존중받지 못하는 마음이 들 때 분노를 품게 된다. 사회적 지위가 높아지면 우쭐대는 교만이 생길 수 있다. 우월감이 생길 때 자기보다 낮은 위치에 있다고 생각하는 사람을 무시하는 마음이 생길 수 있다. 벼는 익을수록 고개를 숙인다는 격언은 인간다운 생각을 하고 살라는 가르침이다.

자연 현상을 보고 사물의 이치나 인생의 진리를 배우게 된다. 바른 생각과 그른 생각을 갖게 되는 이치를 빗물과 샘물에서 찾을 수 있을 것 같다. 빗물은 불순물이 섞인 오염수다. 산기슭에 내린 빗물은 땅속으로 흘러서 샘물이 된다. 오염되지 않은 산의 땅속을 거쳐 내려오면서 음용이 가능한 깨끗한 물이 된다. 사람의 본성이 불순물이 걸러지지 않은 빗물과 같다면 좋은 생각은 불순물이 걸러진 샘물과 같다.

코스모스같이 가냘픈 꽃을 보면서 생각에 잠기곤 한다. "강한 바람에 휘청거리고 장대 같은 여름비를 맞으면서도 너는 키가 자라고 예쁜 꽃들을 피워 내는구나." 하고 감동이 된다. 그 이유가 무엇인가. 뿌리에 있지 않을까 하는 생각을 해 본다. 뿌리가 견고하면 어떤 꽃도 어떤 나무도 쓰러지지 않을 것이다. 비록 흔들릴 수는 있어도 줄기를 뻗게 하고 잎을 만들고 꽃과 열매를 맺게 할 것이다. 사람의 근본이 생각이라고 한다면 그 생각의 근원은 우리의 영혼이지 않을까. 그래서 성경은 "네 영혼이 잘 됨 같이 범사가 잘 된다."라고 말한다.

그렇다면 사람들이 바라는 성공과 행복을 얻기 위해 우리가 우선할 일은 무엇일까. 자신을 매일 성찰해야 하지 않을까. 하루에 오만 가지 생각을 하고 살기에, 그 생각들로 판단하고 행동하기에, 그 판단과 행동들로 인해 상황과 결과가 만들어지기에, 내 생각을 수시로 점검하는 노력을 해야 하지 않을까.

회사에서도 여러 가지 문제들이 발생한다. 품질에 문제가 생겨서 회사의 신뢰에 금이 가기도 한다. 이때, 문제의 현상만 보고 해결하면 똑같은 문제가 재발할 가능성이 크다. 그 문제를 일으킨 근본적인 원인을 찾아야 한다. 원인 없는 결과는 없다고 생각한다. 그 원인을 찾아 바로 잡아야 같은 문제가 근본적으로 해결된다. 사람의 몸도 그렇지 않나. 아픈 환자에게 진통제만 처방해서는 안 된다. 왜 아픈지 정밀하게 검사해서 원인을 발견하고 그 고통의 이유를 해결해야 고통도 사라지고 환자의 몸도 정상으로 회복된다. 생각이 삶의 근본이고 생각이 인생을 만든다고 믿는다면 생각에 관심을 가져야 한다. 내 생각이 바뀌면 태도가 바뀌고 인생이 변하는 것이다.

사람에겐 선한 본성도 있어서 어떤 상황에서는 좋은 생각을 할 수 도 있으나 일시적이라고 볼 수 있다. 생각의 가치는 위대하지만, 사람 이 만드는 생각은 매우 불안정하다. 세상에서 살아가는 사람이란 흔 들릴 수밖에 없는 존재다. 다양한 사람들과 더불어 살면서 시시각각 변하는 상황에 직면하며 살아가는 우리들의 생각이 항상 안정적으로 유지되기는 어렵다. 나의 삶에서도 불안정한 생각으로 인해서 작고 큰 실수와 실패들이 있었다. 그 실수와 실패들로 인해서 겪은 고난 또 한 많았다. 그 고난을 경험하면서 생각의 중요함을 뼛속 깊이 깨우치 게 되었으니 그 시련은 나에게 고마운 시간이었다.

내 생각은 여전히 불안정하다. 걱정으로 잠을 못 이룰 때도 있다. 그렇지만 나는 여전히 생각한다. 진리를 좇아 생각하다 보면 평안이 찾아오는 경험을 한다. 그 평안은 비움과 포용에서 온다. 신기하게도 비움과 포용의 마음에 이를 때 바라는 것들이 보였다. 가까운 사람을 변화시키려고 애쓰지 말고 내가 비우고 포용하면 바라는 대로 될 수 있다는 믿음을 가져도 좋다.

아들 내외에게 보내는 편지

  사랑하는 아들과 며느리에게! 갑작스러운 편지를 받고 조금 놀랐지. 두 아들 키우느라 얼마나 힘이 들지 생각하면 마음이 짠해진단다. 그런데도 늘 행복한 모습으로 살아가려는 너희 부부가 정말 사랑스럽구나. 사랑하는 사람에겐 좋은 것을 주고 싶은 마음이 있잖니. 사랑하는 아들과 며느리 그리고 두 손자가 험하고 위험한 세상을 바르게 살아가도록 길 안내를 해 주는 것 또한 부모가 해야 할 일이지 싶구나. 사랑하니까. 사랑하는 너희들이 행복하길 바라니까. 그동안 망설임의 시간이 있었지만, 오늘 아침부터 글을 쓰고 싶은 마음이 솟구쳐 쓰지 않을 수가 없어 컴퓨터 앞에 앉아 들려주고 싶은 말을 글로 표현해 보려고 한다. 내 마음이 얼마나 잘 전달될지는 모르겠으나 아버지를 신뢰하는 마음으로 이 편지를 읽어 주기를 바란다.

  자식을 낳고 키운 부모지만 아버지답지 못하게 살았던 지난 일들이 가끔 생각난단다. 아들아, 네가 중학교 3학년 무렵에 밀리터리룩이 유행했었지. 아들도 그 옷을 입고 싶어서 사 왔는데 불같이 화를 내면서 반품을 시키고 호통을 친 일이 며칠 전에 갑자기 생각이 났단다. 20년이 지난 일인데. 그 전에도 아들에게 진심으로 사과했던 일이지만 마치 어제 일처럼 생각이 나서 너무 미안한 마음이 들면서 눈물까지 났단다. 그 어린 나이에 사고 싶었던 옷을 고르고 골라 사 왔는데 그 옷을 들고 옷가게에 가서 다시 반품했을 어린 아들이 마음에 얼마나 상처가 되었을까. 그렇게 미숙했던 아버지였단다. 사랑하는 아이들아, 너희에게 좋은 아버지가 되고 싶은데 여전히 나는 부족함이 많단다. 너희에게 의도치 않게 상처를 준 일도 있었지. 용서해라. 그리고 아버지를 사랑해다오.

　나는 내가 부족하고 미숙하단 것을 날마다 깨닫고 또 배운단다. 할아버지가 된 나이에도 말이다. 그렇지만 나는 지금이 정말 좋단다. 날마다 깨달아 거듭나고 감사하고 사니까. 며늘아, 네 지인의 남편이 갑작스러운 사고로 불행을 겪고 있다는 가슴 아픈 이야기를 들으면서 함께 안타까워했지. 슬픈 이야기를 하면서 네가 했던 말이 "하루하루가 감사해요." 였지. 정말 그렇다. 하루하루가 감사이고 기적이야. 하루도 감사한데 30년을 넘긴 너희나 60년을 넘기며 살아온 나의 인생은 얼마나 감사하니. 수많은 실수도 하고, 위험에도 처해 보고, 심각한 고난도 겪어 보고, 돈이 없어 가난한 생활도 오래 해 보고, 마음의 궁핍함과 평안 없는 삶도 살아 봤는데 지금 내가 느끼는 행복은 어디서 왔을까. 참으로 많은 부침을 겪으면서 많은 것을 깨달았더구나. 그리고 거듭난 나의 삶이 고맙다 참 고맙다. 사업하던 중에 여러 번 만난 심각한 위기로 망했을 수도 있었는데, 지금도 담배를 못 끊고 날마다 술을 들이켜고 있을 수도 있었는데, 지금도 나의 알량한 생각과 아집으로 내 삶과 가족들의 삶을 불행하게 만들 수도 있었는데, 깨닫고 회개하고 거듭나는 날들이 있었기에 나의 삶이 감사로 채워졌구나.

내가 나의 삶에 얼마나 많은 복을 받았는지 기억하며 써 보고 싶구나. 내가 자초한 시련과 고난이 적지 않았는데도 무엇이 나를 복되게 했을까 지금도 자주 생각하고 산단다. "나에게 찾아온 시련과 고난은 어디서 왔으며, 나에게 찾아온 복된 삶은 어디서 왔을까?"라는 질문에 답을 얻어야 시련과 고난을 피하기도 하고, 항상 행복한 삶을 살 수 있다고 믿기 때문이란다. 다윗의 아들 솔로몬이 20대 어린 나이에 왕위를 계승할 무렵에 하나님이 현몽하여 솔로몬에게 물었다고 하지. 무엇이든 구하라고. 하나님과 동행했던 네 아버지 다윗에게 언약한 바와 같이 네게도 복 주기를 원한다고 하시면서. 이때 솔로몬이 구한 것은 오직 '백성을 잘 헤아릴 수 있는 지혜'라고 했다지. 하나님이 솔로몬이 구한 것을 기쁘게 여기시고 이 지혜는 물론이고 구하지 않은 부와 명예와 장수까지 복을 주셨다고 하는 이야기는 나에게도 똑같이 적용된다는 믿음을 갖게 되었단다.

어릴 적, 부모님과 함께 살던 곳은 서울 달동네 옥수동, 마당에 수도 하나, 재래식 화장실 하나 끼고 일곱 세대가 모여 살고 있던 곳이었지. 그때까지 단칸방에서 네 식구가 살았고, 공동화장실 하나를 일곱 가구가 사용했고, 공동 수도에서 물지게로 물을 길었지. 19살부터는 여러 곳에서 직장 생활을 했는데, 20살에 취직한 마네킹 제조 회사에서는 기숙사 방을 함께 사용하는 선배에게 자기 양말 안 빨아 준다고 흠씬 두들겨 맞기도 했었지. 나보다 나이도 여덟 살이나 많고 키도 180cm나 돼서 꼼짝 못 했던 기억이 나는구나.

여러 직장을 전전한 뒤 30살에 이직한 직장에서 받은 복은 꿈같은 것이었어. 2년 정도 근무했을 때였어. 집을 선물 받았던 거야. 반지하 세대가 있고 지상에는 3층이 있는 빌라의 이층집이었어. 2평도 안 되는 단칸 월세방을 벗어난다는 것은 꿈도 못 꿀 때 11평 빌라, 방 3개에 양변기 딸린 화장실은 천국이었어. 한동안 밤에 잠을 못 이룰 정도로 기뻤지. 5살 아들도 눈 오는 날 뛰노는 강아지처럼 이 방 저 방 좋다고 뛰어다녔지. 참 충성스럽게 일했던 나를 사장이 잘 보시고 그 회사에서 전무후무했던 호의를 베푸셨던 거야. 아무 조건 없이 내 이름으로 등기된 집을 살 수 있도록 해 주신 거지.

지금 생각해 봐도 기적 같은 일이었어. 그 뒤 2년 정도 변함없이 진심을 다해 일했지만 34살에 창업을 하게 되었지. 계획했던 일도 아니고 형편도 안 되었고 생각조차 못 한 기회였어. 지금은 기회였다고 말하지만, 그 당시엔 그 회사를 퇴직해야만 하는 상황이 되어서 앞으로 어떻게 먹고사나 하는 걱정으로 밤을 새웠었지. 집을 사 준 그 직장을 계속 다녀야 했는데 그러지 못할 상황이 발생했고 앞날을 고민하다가 창업을 결심하게 된 거야. 위기가 기회가 되었고 이것 또한 기적이었지. 회사에서 집을 조건 없이 사 주셨지만 퇴직하면서 그 집을 반납해야겠다는 생각을 했지. 당연히 막막했었어. 그때 또 기적과 같이 누군가가 그 돈을 조건 없이 빌려줬단다. 집은 계속 소유하고 살면서 사업을 시작한 것이지. 첫해 일 년은 사업이 자리를 못 잡고 힘들었지. 창업한 지 2년이 되던 해에 개발한 제품에 날개를 달기 시작했어. 무일푼으로 사업을 시작한 지 3년 만에 남동공단 내 500평 부지에 첫 공장을 짓고 승승장구를 했지. 8년 뒤에 600평 부지에 2공장을 세웠었고. 여기까지는 기적의 연속이었고 30대 자수성가한 사장으로 이루 말할 수 없는 복을 많이 받았지만, 호사다마인지 그 뒤는 고난의 연속이었어. 정말 힘든 시간을 보냈었지. 나는 그 고난이 전적으로 나의 교만 때문이었다고 생각해. 첫 공장을 팔아야 했고 직원을 감원해야 했고 3년 정도 연속 적자를 감내해야 했었지. 그 무렵에 받은 심한 스트레스로 인해 아들과 아내에게 신경질적으로 대한 것이 지금 생각해도 부끄럽고 미안한 마음이 드는구나.

시련은 그뿐만이 아니었어. 무너져 가는 사업을 일으켜 보겠다고 취한 나의 판단과 결정들은 조급함과 경솔함으로 인해 더 큰 위기를 초래했지. 확실하지도 않은 신사업을 염두에 두고 충북 음성에 10,000평이나 되는 광활한 공장을 엔화 대출로 매입하고 나서 2년 동안 겪은 고난은 말로 다 할 수가 없단다. 기대했던 신사업은 물거품이 되었고 대출받은 엔화 가치는 폭등하여 대출 원금이 두 배가 되었어. 10,000평 공장을 매물로 내놨으나 워낙 큰 공장이어서 쉽게 팔 수가 없었어. 눈물로 기도하던 중에 한 기업과 계약을 하게 되었지. 그러나 그 기업은 잔금을 치르지 않아서 계약이 파기되었어. 어떻게 이렇게나 고난이 끝나지 않는지 형언할 수 없을 만큼 고통이 이어졌어. 그 기업은 계약금 반환소송을 제기했고, 변호사를 선임해서 대응해야 했었지. 억울했지만 합의금으로 계약금 중 일부를 돌려주었는데 지금도 그 사람들이 법정에서 말한 거짓말들이 생각난단다. 참 공의롭지 않고 억울한 일을 많이 당할 수 있는 곳이 세상이란 것을 뼈저리게 깨달았단다. 음성 공장을 매도하고 기적적으로 대출을 상환하는 과정에서 겪은 경험들은 내 인생에 큰 깨달음이 되었지. 이 일로, 수십억 원의 재산도 한순간에 허공에 날려 버릴 수 있다는 뼈저린 경험을 그때야 했단다. 운이 없어서가 아니라 교만과 조급한 욕심이 자초한 고난이었다는 것을 시련을 통해 배웠지.

그 심각한 위기를 겪은 나는 삶과 가치관에 큰 변화가 생겼단다. 젊은 나이에 이룬 성공이 나의 능력으로 된 것으로 착각을 하고 교만했었던 나는 얼마나 회개를 했는지 모른단다. 이렇게 나의 지난날을 잠시 돌아봤는데 이제부터는 고난 뒤에 이어진 내 삶에 하나님의 은혜가 어떻게 임했는지를 기억해 볼게.

고난의 터널 끝자락에 와서야 깨달아 변화된 나에게 임한 축복은 이러했어. 기업에 주신 축복부터 말할게. 고난 중에 일하던 회사 직원이 20여 명이었는데 고난 뒤에 100명이 되었고, 매출은 10년 이상 지속해서 증가했고, 한 번도 적자를 본 일이 없고, 남동공단에서 환경 좋은 송도로 이전하였고, 직원들의 이직률이 zero에 가깝고, 직원들이 회사에 느끼는 감사와 애정이 날로 커졌고, 나 또한 경영에 압박을 받는 것이 아니라 정말 행복한 경영을 하고 있어. 기업에 대한 가치관이 변화되었기 때문이지.

가정에 주신 축복을 나열해 볼게. 아들이 대견스럽게 유학 생활을 잘 마치고 돌아와 군 복무를 잘 마치고 회사에서 일한 지 8년, 열심히 일하면서 성장하고 있지. 결혼도 잘해서 화목한 가정을 꾸리고, 생각만 해도 행복한 두 손자가 있고, 가까운 곳에서 함께 살 수 있는 복을 누리고 있잖니. 아내와도 서로 신뢰하고 의지하는 부부로서 행복하고, 사돈들도 잘 만나서 남들이 부러워하는 관계로 지내니 이 어찌 복이 아니겠니. 나도 술 담배를 멀리하고, 51살에 대학을 들어가 하고 싶은 공부를 했고, 만학의 대학생이었지만 젊은 학생들과 추억을 만들 수 있었지. 내친김에 입학한 대학원에서 참 유익한 공부를 했고 내 평생 존경하며 본받고 싶은 귀한 스승을 만날 수 있었으니 이 또한 복이었지. 기업을 경영하는 사람이 주경야독으로 6년 동안 공부하기가 어찌 쉬운 일이었겠니. 대학원 졸업식에는 아내와 함께 사랑하는 우리 며느리가 와 줘서 얼마나 뿌듯했는지 모른단다. 그때 함께 찍은 졸업사진을 보고 있으면 입가에 미소가 지어진단다.

내가 받은 은혜와 하나님이 인도하신 섭리의 깨달음을 끝으로 전하고 싶구나. 너희들과 우리 손주들은 그 무엇과도 바꿀 수 없는 사랑하는 나의 자녀들이야. 내가 겪고 깨달아 지금에 이르기까지 역사하신 하나님을 반드시 믿고 하나님의 말씀에 꼭 순종하는 삶을 살아서 복된 삶을 살아가길 진심으로 바란다.

내 나이 25살쯤 하나님의 인도함에 이끌려 간 교회에서 펑펑 울게 하시고 위로하신 하나님을 처음 만났지. 21살에 엄마마저 세상을 떠나시고 외로움에 힘들어하고 있을 때, 그 당시 하나님의 존재를 몰랐던 나를 하나님이 불쌍히 여기셔서 만나 주신 것 같구나. 빚을 지고 돌아가신 부모님을 빚쟁이로 하늘에 계시게 할 수 없다며 어떻게든 빚을 대신 갚아 드린 내 마음을 하나님이 갸륵히 보셨을 것 같다는 생각을 해 본다. 모범적인 삶은 아니었지만 가난함 속에서도 선함은 잃지 않고 성실하고 열심히 살아온 나를 하나님이 가엾이 여기셨던 것 같다. 사업 초기에 은행 대출이 안 돼서 사채를 쓸 때도 신용을 잘 지켰던 우리 부부의 마음을 하나님이 대견하게 보셨을 거야. 아무리 어려워도 직원들과 협력사에 지급할 돈을 정해진 날짜에 어기지 않고 주려고 했던 마음을 하나님이 어여삐 보셨을 것 같구나. 형편이 넉넉하지 않아도 도움이 필요한 사람에게 아끼지 않았던 마음도 좋게 보셨을 것 같구나. 지나간 나의 삶의 궤적 안에서 축복과 고난이 교차하며 있었는데 성경 말씀은 정확히 내 삶 안에서 역사되고 있었다는 것을 온몸이 전율하며 깨달았지.

반면에, 내가 겪은 고난과 시련은 내 생각과 행동이 하나님의 말씀과 멀어졌을 때라는 사실 또한 느끼며 전율했어. 하나님에 대한 두려움을 느꼈던 거야. 하나님을 경외해야 한다는 의미를 제대로 알았던 거지. 모든 것이 하나님께로부터 온 것임을 무지해서 몰랐고, 하나님의 뜻을 기도로 묻지 않았고, 하나님을 생각하지 않았고, 이로 인해 내 생각과 본능으로 살았고, 교만했고, 사람을 사랑하지 않았고, 감사하지 않았던 때, 하나님은 나를 철저히 책망하고 시련을 허락하셨지. 그래도 변함없이 나를 사랑하셨기에 언제나 피할 길을 열어 주셨어. 내가 깨달아 회개하고 돌이키고 거듭나니까 돌아온 탕자를 아버지가 끌어안고 잔치를 열어 준 것과 같이 하나님은 나를 축복하셨단다.

성경 말씀을 사모하고 예수님과 하나님을 알려고 하니 예수께서 내 안에, 내가 예수 안에 거하게 되었단다. 완전하지 못한 사람이기에 여전히 불완전하지만 내가 예수의 영이 인도하는 삶을 사는 것만큼은 틀림이 없단다. 불완전한 나의 생각, 나의 지혜, 나의 판단, 나의 성품보다 예수님의 생각, 예수님의 지혜, 예수님의 판단, 예수님의 성품을 의지하고 따르는 삶이야말로 은혜가 넘치고 복이 넘치는 삶이 되는 거지.

우리 마음 안에는 무의식과 의식의 세계가 있지 않니. 의식은 수면 위에 떠 있는 빙산의 일각이고 거대한 빙산 덩어리는 물속에 잠겨 있듯이 우리 안에 잠재된 무의식은 우리 삶을 좌우할 만큼 거대하지. 본능도 무의식에 있고 습관도 무의식에 있고 사물을 긍정적으로 보는지 부정적으로 보는지 결정하는 '생각의 프레임'도 무의식에 있고 어릴 적에 경험한 공부와 체험들, 상처와 사랑이 무의식 안에 잠재되어 있지. 우리는 이 무의식에 관심을 가져야 한단다. 그래서 자기 성찰이 필요하고, 얼굴을 거울에 비추어 보듯이 매일 내면을 보고 고치는 노력이 필요하단다. 예쁜 얼굴과 몸을 위해 거울에 날마다 비추어 보듯이 내면을 들여다보는 거울이 필요하지. 그 거울이 성경인 거지. 너희들의 자녀도 어릴 때부터 성경을 듣고 배우는 것이 정말 중요하단다. 아이들의 무의식이 엄청나게 성장할 때니까. 아이들의 무의식에 성령이 심어지면 복된 삶이 될 수밖에 없다는 사실을 나는 고난으로 시련으로 고통으로 뼈저리게 깨달았단다. 하나님을 바로 알고 예수님의 영이 너희 안에 거하길 간절하게 기원한다. 너희 가정에 천국이 임하길 바라고 기도한다. 그리고 사랑한다.

> "모든 성경은 하나님의 감동으로 된 것으로 교훈과 책망과 바르게 함과 의로 교육하기에 유익하니, 이는 하나님의 사람으로 온전하게 하며 모든 선한 일을 행할 능력을 갖추게 하려 함이라(딤 3:16-17)."

큰 시련의 강을 건너다

2020년 한 해 동안 큰 재산을 잃었다. 코로나19로 인한 회사 매출 급감과 신규 사업 실패가 원인이었다. 우리는 큰 자산가가 아니기에 망했어야 했다. 하지만 세 가지 이유로 기사회생했다.

회사 고객사의 매출이 코로나 이전으로 회복한 이유가 첫째,
회사의 신용을 자산으로 추가 대출해 준 은행의 도움이 둘째,
어려운 상황에서도 열심히 일해 준 직원들의 도움이 세 번째였다.

고객사의 매출이 정상 궤도로 복귀한 것도 하나님께 감사할 수밖에 없고, 은행을 통해 우리 회사를 믿고 추가 대출을 해 주신 하나님께 감사할 수밖에 없고, 위기를 만난 상황에서도 직원들의 마음을 붙들어 주신 하나님께 감사할 수밖에 없다. 내가 스스로 한 것은, 실패를 자초한 나의 실수를 회개한 것과 시련을 크게 만난 회사를 회복시키기 위해 정직한 마음과 진심을 다해 경영한 것뿐이었다. 지난날을 돌아봤다. 오랫동안 만들어 온 나의 이력을 봤다. 창업 이전에 해 왔던 나의 경력도 살펴봤다. 15년 동안 다양한 업종에서 성실히 경력을 쌓고, 그 연결점에서 창업했고, 그동안 성장해 온 기업 스토리는 한 해,

한 해 건너온 징검다리로 만들어진 길이었다. 오늘 나에게 주어진 상황에서 최선을 다해야 그 하루가 연결되어 인생 스토리가 된다는 것을, 30년 가까운 기업 이력을 보면서 또 깨달았다. 나와 아내에게 맡겨 주신 기업을 더 정성스럽게 하나님이 기뻐하시도록 경영해야 함을 작년의 고난으로 또다시 깨달은 것이다.

내가 깊이 회개한 것은, 갑작스러운 고난을 만난 회사를 위해 내가 해야 할 일에 대해 하나님께 우선 묻지 않았고, 시련에 빠진 회사를 구하려고 경솔하게 신규 사업을 벌였던 일이다. 지금의 우리 회사는 온전한 내 것이 아니라 하나님 것이라는 평소 고백이 거짓이었다. 내 것이 아닌데, 어찌 하나님께 묻지 않고 일을 벌였을까 몹시 후회스러웠고 눈물로 회개를 했다. 더불어, 내 것이 아닌 재물과 자식에 관한 생각을 하게 하셨다. 가족은 물론 내가 누리고 있는 모든 환경이 하나님 것임을 또다시 깨닫게 하셨다.

또한, 내가 이만큼 축복받고 사는 이유에 대해서도 알게 하셨다. 하나님을 나의 구원자로, 아버지로, 내 삶의 중심으로 모시고, 말씀에 순종하려고 하는 신실한 마음을 갸륵하게 보신 것 같다. 일상의 삶이 완전하지 않아도 노력하는 모습을 긍휼히 여기시고 축복하시는 것 같다. 내가 받은 축복 중 축복은 하나님을 내 안에, 내가 하나님 안에 거하는 기쁨이다. 아무리 커다란 고난이 있어도 하나님을 생각하면 소망이 생기고, 가끔은 속상한 자식도 사랑하는 마음으로 품게 하시고,

일상의 당연한 것들이 모두 감사로 충만해지게 하시니 이것이 진정한 복이 아니고 무엇이겠는가. 일찍 부모님을 여의고 단칸 월세방에서 홀로 외롭게 살던 나를 찾아오셔서 위안과 용기를 주신 하나님의 은혜를 어찌 잊을 수 있겠나. 평강공주 같은 아내를 배필로 주셔서 단란한 가정을 허락하신 하나님의 은혜와 아내를 죽음에서 구하시고 귀한 아들을 주신 하나님의 은혜를 어찌 망각할 수 있을까. 또한, 소중한 땀을 흘리는 일터이자 은혜의 터인 기업을 우리 부부에게 맡기시고 노인의 면류관이라고 하는 사랑스러운 손자들도 선물로 주신 하나님의 은혜를 내가 어찌 감사하지 않을 수 있을까.

내 땀과 노력으로 번 돈 말고는 욕심을 부리지 않으려고 했지만, 순간 유혹에 빠져서 노력 없는 욕심을 부렸던 돈을 영락없이 잃게 하심으로 깨달아 거듭나게 하셨다. 남과 비교하며 내 형편에 넘치는 삶을 살지 않게 하셨다. 나에게 맡겨진 역할에 최선을 다하도록 하셨다. 돈 빌려준 사람에게는 그 은혜를 꼭 갚게 하셨고, 호의를 베푼 사람에게 정성을 다하게 하셨다. 나와 상관없는 사람도 긍휼한 마음이 들면 하나님이 주신 감동이라 생각하고 돕게 하셨고, 순간순간 작은 일에도 감사를 많이 하게 하셨다.

그랬더니, 영적으로 성장하게 하시고, 고난과 시련을 만나도 쓰러지지 않고 다시 일어나게 하셨다. 우리 부부가 36년 동안 해로하면서 서로 신뢰하고 의지하고 친밀한 부부로 살아가게 하셨다. 29년 동안이나 기업을 맡기시고, 부모님을 잘 봉양하고 형제자매와 우애 있게 하셨다. 자녀를 노엽게 하지 말고 오직 주의 교훈과 훈계로 양육하라는 말씀을 따르는 부모로 성장하게 하셨다.

행복은 우리 삶의 태도에 따라 동반되어 온다. 행복은 내 손으로 잡을 수가 없는 것인데 사람들은 더 많은 돈을, 더 좋은 차를, 더 크고 좋은 집을 가지면 삶이 더 행복할 것이라는 착각을 하고 산다. 스스로 노력하여 돈을 벌어 사고 누릴 수 있는 것은 복이고 보상이다. 물론 누릴 수 있는데도 겸손한 삶을 사는 것이 더 값진 삶이지만 말이다. 재물을 우선하는 삶은 행복을 더 멀리 밀어 버리는 우둔한 짓임을 깨달았다. 그래서 재물과 하나님은 동시에 섬길 수 있는 것이 아니라는 것을 하나님은 분명히 말씀하신다. 가지면 가질수록 목마르다고 예수님이 말씀하셨는데 사람들은 이 진리를 모르고 산다.

소유하고 누리고 있는 것에 감사하다. 나의 땀과 노력으로 얻은 것이 아니라면 더욱 감사한다. 땀과 노력으로 얻은 것도 하나님의 도우심으로 받은 것이니 하나님께는 더욱 감사하다. 진심으로 감사하는 사람이 더 크게 감사할 것을 받을 것이다. 나는 너무 많은 것을 이미 받았다. 아무것도 바라지 말고 감당해야 할 역할에 충실할 것이다. 내가 받고 싶은 인정과 칭찬을 남에게 먼저 하리라. 가난하고 불쌍한 사람들을 도울 수 있는 형편대로 도울 것이다. 그 사람이 예수님이다. 내가 받은 은사를 더욱 성장시켜서 하나님 나라의 일에 쓰임 받길 기뻐할 것이다. 이런 삶을 하나님은 기뻐하실 것이고 축복하실 것이다.

먹고 마시고 입는 것을 왜 걱정하냐고 하나님이 그러신다. 하나님이 기뻐하시는 마음과 태도로 성실하고 진실하게 살면 우리에게 필요한 것 이상으로 넘치게 복 주신다고 약속을 하셨다. 사람의 약속은 믿을 수 없을 때가 있지만 하나님이 약속하신 것이니 믿어도 된다. 내가 살아온 삶을 돌아보면 하나님의 약속은 틀림이 없으시다.

> "그러므로 무엇을 먹을까, 무엇을 마실까, 무엇을 입을까 걱정하지 말라. 이 모든 것은 이방 사람들이나 추구하는 것이다. 하늘에 계신 너희 아버지께서는 너희에게 이런 것이 필요하다는 것을 아신다. 오직 너희는 먼저 그 나라와 그 의를 구하라. 그러면 이 모든 것도 너희에게 더해 주실 것이다(마 6:31-33)."

하늘은 스스로 돕는 자를 돕는다는 말이 있다. 어떤 상황이 닥쳐도 감사를 잊지 말고, 부모를 공경하고, 아내를 사랑하고, 남편을 공경하고, 자녀를 노엽게 하지 말고 하나님 말씀으로 교훈하고 양육하고, 시기 질투하지 말고, 남과 비교하여 속상해하지 말고, 그릇의 모양이 모두 다르나 깨끗하면 소중히 쓰임 받는다는 상식의 진리를 잊지 않을 것이다. 불평불만을 마음과 입에 달고 살면 불평불만이 나를 떠나지 않을 것이고, 감사를 마음과 입에 달고 살면 감사가 나를 떠나지 않을 것이다. 감동하게 하는 사람에게 따뜻한 시선이 머물고, 그 시선에 돕는 손길도 같이 따라온다는 걸 체험으로 배웠다. 감동은 자기 책임을 다하는 사람과 이타심과 자기 헌신과 사랑을 베푸는 사람에게서 느끼게 된다. 자기 자신만을 생각하는 사람은 결코 감동을 자아낼 수 없다. 그 사람은 자기 자신을 챙긴다고 하지만 많은 것을 잃는다. 사람들은 자기를 알아 달라고 하는 사람과 자기 이익만 챙기는 사람에게 가까이 가지 않는다. 가족이라도 그렇다. 이것이 인지상정이다.

생각해 본다. 내가 어떤 사람인지, 내가 어떤 생각에 빠져있는지, 내가 어떤 마음으로 하루를 살고 있는지.

시련의 강을 건너면서 얻은 깨달음이다.

꽃이 꽃인 이유

꽃은 과시하지 않는다.

꽃은 알아 달라고 소리치지 않는다.

꽃은 꽃으로서 살았고 꽃을 피웠을 뿐.

누가 볼 새라 어두운 밤에 꽃망울 열어젖히는 고통을 감내한다.

출산한 여인의 살이 트듯이 꽃잎의 살도 튼다.

한 생명을 잉태하듯이 겨우내 보이지 않던 꽃봉오리,

봄 햇살 받고 봄비 맞더니 새 생명 탄생하듯 꽃을 피운다.

꽃의 자태가 감탄스럽다.

그런데도 꽃이 시기 질투 받지 않는 까닭은

꽃은 교만하지 않기 때문이다.

꽃은 꽃으로 살았을 뿐이다.

꽃이 꽃인 이유다.

누구를 닮을 것인가

아버지 학교라는 곳이 있다. 아버지가 살아야 가정이 산다는 기치하에 두란노 아버지학교라는 비영리단체에서 개설한 학교다. 나는 오래전에 이 학교에 입학해서 4주 프로그램에 참석했다. 아버지로서 남편으로서 얼마나 부족한 사람이었는지 많이 깨닫고 눈물도 많이 흘렸던 고마운 학교였다. 나와 한 조로 프로그램에 참석했던 사람들의 고백을 듣고 놀랐던 기억이 있다. 아버지를 별로 좋아하지 않았는데도 그들이 아버지가 되어보니 그들의 아버지를 닮아있더라는 고백이었다.

나는 나중에 심리학을 공부하다가 거울효과(Mirror Effect)라는 현상이 있다는 것을 배웠다. 호감을 느끼는 사람의 행동을 무의식적으로 따라 하는 심리 현상이다. 존경하는 사람과 함께 있는 시간이 많으면 자신도 모르게 그 사람의 말이나 행동을 따라 하면서 닮아 가는 모습을 보게 되는 경우가 있는데, 이런 현상이 거울효과다. 나는 아버지를 닮아 있더라고 고백한 사람들을 떠올렸다. 그들의 아버지는 그들이 어린 시절에 절대적으로 의지했던 아버지였을 것이다. 그들의 아버지는 못 하는 것이 없는 영웅 같은 존재였을 것이다. 그들은 아마도 그들의 성장기에 아버지의 일거수일투족을 보면서 조금씩 닮아 갔을 것이다.

나는 예수님을 닮길 원한다. 말씀으로 나에게 오신 예수님을 사랑한다. 성경 말씀을 읽으면 읽을수록 예수님을 더 사랑하게 된다. 예수님이 이 땅에 오셔서 행하신 내용을 읽으면 예수님을 신뢰할 수밖에 없고 사랑할 수밖에 없다. 내 안에서도 거울효과가 틀림없이 작동된다면 나도 예수님을 닮아갈 것이다. 심리학이라는 과학으로 밝혀낸 거울효과라는 현상을 모를지라도, 성령이 내 안에 계시면 예수님을 닮은 삶을 살 수 있다고 믿지 않는가. 성령이 내 안에 계시려면 예수님을 무한 신뢰하는 믿음이 있어야 할 것이다. 소원하는 것들을 이루어줄 것이라고 믿는 알라딘의 요정인 지니가 아니라, 내가 예수 닮아 가면서 살아갈 때 바라는 것들이 이루어지게 하는 성령과 동행하는 삶을 살기를 바란다.

　누군가를 존경하면서 닮고 싶다는 마음이 들기까지는 그 사람의 말이나 행동 그리고 내면의 성품까지 오랜 시간 겪어 봐야 할 것이다. 하지만, 보이지 않는 예수님을 알려면 성경을 읽어야 한다. 누구라도 성경을 읽지 않으면 예수님을 알 수 없다. 알 수 없다는 의미는 예수님을 성령으로 받아들일 수 없다는 의미다. 예수님을 닮아 갈 수 없다는 의미다. 많은 기적을 행하신 분, 하나님의 독생자로 이 땅에 오신 분, 십자가에 매달려 돌아가신 후 3일 만에 부활하신 분, 믿으면 뭔가 좋은 일이 있을 것 같은 분으로 내 믿음이 한정되어 있다면 결코 예수님 닮은 삶을 살아가기는 어려울 것이다. 나는 기독교인이지만 종교인으로 살아가는 건 거부한다. 나는 그리스도인답게 살고자 하는 것이지 단지 그리스도인이 되고자 하는 데 목적이 있지 않다. 나는 예수님을 나의 친구로, 내 삶의 구원자로, 관계 맺고 동행할 것이다. 내 평생 예수님을 닮아 가며 동행하는 삶을 살 것이다. 누구를 닮아 가면서 살 것인가? 내 인생에서 가장 중요한 선택을 하게 하신 하나님께 감사한다.

사려니 숲을 걸었다

나는 숲길이 좋다. 세상의 소음이 차단된 숲속은 나를 만나는 곳이다.

숲속의 이름 모를 새들이 지저귀는 소리가 평화롭다. 도시 길가에서 만나는 성마른 새소리와 다르다.

얼마간 걸으니 숲의 나무들이 말을 걸어 왔다. "나 꿋꿋이 잘 살고 있어."

그러고 보니 참 대견하다. 누구도 돌보지 않는데 듬직하게 자라는 비자나무들.

큰 나무 사이에서 가녀린 몸을 곧추선 작은 나무들.

누구의 도움도 받지 않고 홀로 잘 자라 준 나무들이 기특하고 고맙다.

연약해 보이는 키 작은 나무들에 내 눈길이 머문다.

산들거리며 춤추는 가느다란 줄기들은 즐거워 보인다.

강한 바람이 불어 댄다. 가녀린 줄기는 꺾일 듯 휘어진다.

나뭇잎들이 서로 부딪히는 소리가 들린다.

세상 삶 속에서 상처받고 힘들어하는 약한 사람들의 절규같이 느껴져서 애잔하다.

숲에는 큰 나무, 작은 나무, 강한 나무, 연약한 나무가 함께 산다.

사람들의 발에 아무 힘 없이 밟히는 작은 풀들도 있다.

모습은 다르지만 서로 어우러져 숲이 된다.

요세미티에서 깨닫다

8년 전에 미국 샌프란시스코에서 혼자 두 달을 살았다. 주차 티켓 발매기 사업을 하면서 미국 출장을 자주 다녔는데 미국에서 1년 정도 살아 보면 좋겠다는 생각을 했었다. 사업을 하는 사람이 1년 동안 회사를 비우기엔 마음이 불안했지만 두 달 정도는 가능하겠다는 생각으로 실천에 옮긴 것이다. 교육대학원 석사과정에 입학한 첫해 여름 방학 기간에 샌프란시스코행 비행기에 올랐다. 막상 출발하려고 하니 설레는 마음이 더 컸지만 불안한 마음도 혼재된 감정을 느꼈다. 미국은 사업 일로 자주 갔던 곳이지만 개인적인 시간을 내서 전혀 낯선 곳에서 능숙하지 않은 영어 실력으로 미국 생활을 한다는 것이 편한 느낌은 아니었다.

샌프란시스코 공항에 도착해서 예약한 홈스테이 집으로 향했다. 모든 것이 낯설었다. 외국인 택시 운전사, 거리에 보이는 글들과 사람들의 말이 모두 영어! 이 낯선 곳에서 모든 것을 홀로 감당해야 한다는 두려움이 살짝 밀려왔다. 출장으로 왔던 그 미국이 아니었다. 낯선 곳에서 낯선 사람들과 낯선 문화를 두 달 동안 체험할 것이라고 설레는 마음을 안고 왔는데, 막상 도착한 첫날은 순간 머릿속에 혼돈이 왔다. 내가 이곳에 온 결정이 옳은 일이었는지, '두 달 동안이나 일과 가족을 떠나서 올만큼 이 여정이 나에게 중요하고 의미 있는 일이 맞는가.'라는 생각이 불현듯 들었다. 그 뒤로 하루, 이틀 시간이 지나가고 계획된 일정대로 바쁜 일정에 맞춰 지내면서 마음의 안정을 찾았다. 계획된 일은 영어 연수뿐이었다. 홈스테이 집에서 챙겨 나온 Self-made 햄버거 한 개와 콜라 한 캔을 백 팩에 넣고 등교해서 하루에 6시간씩 쓰기, 읽기, 듣기, 말하기를 배웠다. 일본, 중국, 아랍 등지에서 이민 온 젊은 청년들과 조를 짜서 함께 토픽을 정하고 프레젠테이션도 했다. 하하 호호 웃으면서 즐거웠던 시간이었다. 숙제로 제출한 수필은 다음 날 선생님의 빨간 펜으로 수정된 영어가 더 많을 지경이었다. 나머지 시간은 헬스클럽 가서 운동하고, 쇼핑센터에 가서 정말 다양한 상품들을 탐색하면서 사업 아이템으로 생각도 해 보고, 메이저리그 야구 경기도 관람하면서 지냈다. 물론 주일이면 소개받은 한인 개척교회에서 예배드리고 교제도 나눴다. 그 교회 성도님들에게 들었던 미국 이야기와 재미교포들의 애환과 성공 이야기는 미국 이민 생활을 이해하는 데 도움이 되었다.

미국 두 달 살기! 도전해 보고 싶었던 일에 도전해서 성취했다는 것만 해도 나에게는 기쁨이었다. 앞으로도 또 다른 도전을 하고 싶은 마음이 들 때도 이 자신감과 성취 경험을 떠올리며 도전할 수 있을 것 같다.

영어를 공부했던 이곳 학교 일정이 끝난 다음 날에 1박 2일 일정으로 여행을 떠났다. 12시간 정도를 혼자 운전하면서 여행을 했다. 끝이 없어 보이는 캘리포니아 평야를 지나 요세미티국립공원을 거쳐 서쪽 해안을 보기 위해 페블비치를 돌아왔다. 짧고도 긴 여행을 하며 2달 동안의 미국 생활을 정리하는 의미 있는 시간을 갖게 되니 감사했다. 더욱 감사한 것은 1박 2일 여행을 통해 세 가지 큰 깨달음을 얻고 돌아온 것이다.

첫 번째는 비가 오랫동안 내리지 않아서 폭포수 없는 요세미티폭포를 보고 얻은 깨달음이다. 폭포수가 떨어지는 폭포를 보길 기대했는데 물 한 방울 떨어지지 않는 폭포의 암반만 자태를 드러내고 있었다. 그런데도 많은 사람이 사진도 찍으면서 요세미티폭포를 즐겼다. 나도 옆 사람에게 부탁해서 암벽뿐인 요세미티폭포를 배경으로 한 컷 남겼다. 폭포수를 보지 못한 아쉬움을 안고 돌아 내려오다가 문득 떠오른 생각은 내 몸에 전율을 일으켰다.

'지금 저 폭포에는 폭포수가 없지만 여전히 폭포라고 불리지 않는가. 때로는 물이 말라 암벽을 고스란히 드러낸 저 폭포처럼 어려울 때도 있을 것이나, 실망하지 않고 꾸준히 노력하면 언젠가는 장엄하게 쏟아져 내릴 폭포수처럼 성취를 이룰 날이 올 것이 아닌가.'

두 번째 감동한 것은 요세미티공원 입구의 작은 다리를 건널 때였다. 요세미티공원으로 가는 길목에 너무 평범해서 그냥 지나쳐 버리기 쉬운, 길이가 10m도 안 돼 보이는 작은 다리가 있었다. "Slate Creek Bridge, 1926"이라고 작은 표지판에 이름 붙여진 이 다리는

90년 가까이 묵묵히, 누가 알아주지 않아도 자기 역할을 감당하고 있었다. 널리 알려진 명소보다 나에게 더 진한 감동과 경외심이 느껴졌다. 이 세상에도 평범하지만, 저 다리 같은 귀한 사람들이 얼마나 많겠는가. 차를 한쪽에 세우고 다리와 표지판 앞에 섰다. 그리고 나도 저 다리처럼 세상에서 의미 있는 다리가 되기를 바라는 기도를 했다.

작은 슈퍼마켓에서 세 번째로 감동하게 되었다. 요세미티공원을 한 바퀴 돌아 나오다가 배가 고파 간단한 점심을 먹기 위해 한적한 길가 시골 슈퍼에 들렀을 때다. 냉장고에 진열된, 슈퍼마켓 주인이 만든 수제 햄버거 하나와 콜라 캔 한 병을 들고 슈퍼마켓 안에 있는 작은 테이블에 앉았다. 둘러보니 손님은 나밖에 없어 보였다. 창가에 있는 원형 테이블에 햄버거와 음료수를 내려놓고 앉으니 어디서 나타났는지 파리 서너 마리가 같이 먹겠다고 테이블 위에 놓은 햄버거와 콜라 캔에 앉으려고 했다. 손을 휘저어 쫓으려고 하다가 문득 스치는 생각이 있었다. '생명이 있어 배고픔을 해결하려고 내 빵에 달려드는 저 파리와 배고파 빵을 집어 든 내가 다른 점이 무엇인가?'라는 질문을 나 자신에게 하게 되었다. 내가 생명이 있어 그저 내 생명 유지하기 급급한 삶을 산다면 저 파리와 무엇이 다르겠는가 하는 생각을 하면서 정신이 번쩍 들었다.

의미 있고 가치 있는 삶을 살아야 진정한 인간의 삶을 살아가고 있다고 말할 수 있는 것이 아닌가 하는 깨달음을 얻었던 순간이었다. 하나님께 진심으로 감사했다. 요세미티국립공원을 돌면서 전율한 세 가지 깨달음은 하나님의 선물 같았다. 귀국해서 내가 깨달은 세 가지 이야기를 여러 사람에게 전했고, 듣는 사람 모두 공감했다. 다녀온 지 8년이 지난 지금도 그때 감동이 생생하다.

미국에서 두 달 생활하는 동안에 회사는 문제없이 잘 돌아갔다. 두 달이라는 긴 시간을 경영자로서 처음 비웠는데 미국으로 출발하기 전에 했던 염려는 기우였다. 직원들에게 고마운 마음을 가졌고 하나님이 하나님의 기업을 지켜 주셨다. 감사한 하나님!

별을 바라본 동심

어둠이 내린 저녁, 공원에 앉아 하늘의 별을 보여 주고 싶었다. 별을 주제로 손자와 이야기를 하고 싶었다. 별을 보며 생각하는 감성을 키워 주고 싶었다. 내가 어릴 적에 마당 평상에 앉아 쏟아질 듯 영롱했던 별들을 그리워하면서. 하늘에 그 많던 별은 다 어디 가고 띄엄띄엄 몇 개 남은 별을 하나하나 가리켰더니 "저 별이 내려와서 나와 놀면 좋겠다. 저쪽별이 이쪽별에 와서 두 별이 사이좋게 놀면 좋겠다." 라고 말하는 손자를 꼭 안아 줬다. 5살짜리 아이가 어쩌면 이렇게 아름다운 상상을 할 수 있을까?

감히 그 순수한 마음을 헤아려 봤다.

같이 놀고 싶은데 너무 멀리 떨어져 있는 별을 보면서 아쉬움을 표현한 말이 아닐까? 사람 간에도 별만큼이나 멀리 떨어져 지내는 사람도 있지 않은가. 마음에는 가까이 만나서 즐거워하고 싶은데 자존심 때문에, 어색함 때문에 가까이 다가가지 못하는 사람들이 있지 않은가.

내일은 오랫동안 연락을 못 하고 지냈던 사람을 떠올리고 연락 한 번 해 봐야겠다. 별들이 서로 모여 반짝이듯, 그리운 사람, 소원했던 사람 함께 모여 사랑하며 살면 얼마나 좋을까?

이름 모를 꽃

길가에 꽃이 참 예쁘다.

서로 다른 꽃들이 어우러지니 더 예쁘다.

빨간 장미들이 화려하다.

그 옆에 핀 꽃들에게 눈길이 간다.

이름 모를 꽃들이 군락을 이루고 있다.

나는 그 꽃들의 이름을 모른다.

이름 없는 꽃이 어디 있으랴.

다른 집 아이 이름 모르듯이 내가 모를 뿐.

이름은 모르지만 예쁜 꽃들이 사랑스럽다.

모든 부모에게 그들의 자녀가 사랑스럽듯이.

그 꽃들을 바라보는 내 마음에도 사랑의 꽃이 핀다.

때린 사람 맞은 사람

살면서 남을 때리기도 하고 맞기도 한다. 신체적 폭행이나 구타를 말하는 것이 아니다. 누군가의 마음을 말로 때려서 상처를 입히기도 하고, 맞아서 마음에 상처를 입는 경우를 말하는 것이다. 평생 때리기만 한 사람도 없고 맞기만 한 사람도 없을 것이다. 부지불식간에 때리기도 하지만 의도하고 때리기도 한다. 문제는 맞은 사람의 마음이다. 때린 사람은 시간이 지나면서 잊을 수 있으나 맞은 사람의 상처는 오래 머문다. 큰 상처는 트라우마로 자리 잡아 평생을 안고 가기도 한다. 치유되지 못한 마음의 상처로 인생을 불행하게 살 수도 있다.

인생은 누구에게나 소중한 것이다. 우리는 남의 인생에 상처를 남기면 안 된다. 그건 안 될 일이다. 내 인생이 소중하듯 타인의 인생도 소중하니까.

1980년대 프로복싱 인기가 대단했다. 당시 유명한 세계 챔피언이었던 P 복서를 방송에서 봤다. 반가운 마음으로 그가 출연한 방송을 보는데 그의 인생이 파란만장했다. 대단한 인기로 엄청난 돈도 벌었는데 사기를 당해 전 재산을 잃고 산속에 들어가 사는 그의 모습이 안타까웠다. 돈과 모든 것을 잃어버린 절망감에 얼마나 고통스러웠을지 가늠해 보는 것만 해도 마음에 고통이 느껴졌다. 사기를 친 사람은 어떻게 살고 있는지 알지 못하지만 사기를 당한 P 복서의 인생은 부서졌다. 그래도 그의 얼굴은 밝아 보여서 좋았다. 경제적인 어려움은 여전한 것처럼 보였지만 마음만은 극복해서 안정을 찾은 것처럼 보였다. 방송 중에 그의 옛 후배들이 산속에 있는 그의 집을 찾아왔다. 권투를 할 때 함께 스파링도 하면서 가깝게 지냈던 후배들이다. 한 후배가 웃으며 옛 추억을 말한다. "형이 예전에 나와 스파링 할 때 내가 형한테 많이 맞고 힘들었어요." P 복서는 기억을 못 하겠다는 듯이 "그랬나?" 하면서 옛 생각이 나는지 아련한 웃음을 보인다. 이 장면을 보면서 스치는 생각이 있었다. 때린 사람은 잊어도 맞은 사람은 못 잊는다는 것을. 말로 때리거나 주먹으로 때리거나 때린 사람의 기억은 희미해져도 맞은 사람의 기억에는 아픈 기억이 오래 남는다는 것을. 기억하자! 때린 주먹에는 멍이 들지 않지만 맞은 가슴에는 멍이 오래 남는다는 것을.

하늘을 우러러

사람마다 하늘에 대해 다른 의미를 부여한다.
윤동주 시인은 하늘을 보며 이렇게 표현했다.

죽는 날까지 하늘을 우러러
한 점 부끄럼이 없기를
잎새에 이는 바람에도 나는 괴로워했다.

별을 노래하는 마음으로
모든 죽어가는 것을 사랑해야지.
그리고 나에게 주어진 길을 걸어가야겠다.

오늘도 별이 바람에 스치운다.

시인은 하늘을 우러러 부끄럽지 않게 살기를 바라는 마음이 간절했
다. 순결한 하늘이 보기에 부끄러운 삶을 살지 않겠다는 다짐을 하면
서도 그렇게 살기가 얼마나 어려운 일인지도 토로했다. 하늘에 무수
히 떠 있는 별들이 이 세상 사람들이라고 여겼다. 사람들이 사랑의 대

상인 것을 알았다. 죽을 수밖에 없는 사람들을 사랑하겠다고 했다. 그 별들이 바람에 스치는 것은 사람의 삶에 피할 수 없는 고난에 비유했다. 고단한 것이 삶이라는 것이다.

나에게도 하늘이 특별한 의미로 다가온 적이 있다. 부모님이 모두 돌아가신 후다. 부모님이 하늘에서 나를 바라보고 계신다는 생각을 했다. 부모님의 빈자리를 느낄 때마다 하늘을 생각하면 극심한 외로움에 서글퍼했던 마음에 위로가 되고는 했다. 육신으로는 볼 수 없지만, 하늘에 계신다고 생각하면서 살았다. 이 마음은 나에게 살아갈 힘을 갖게 했다. 고등학교를 졸업한 지 1년이 되던 해에 돌아가신 엄마는 아버지가 돌아가신 후 4년 동안 두 아들을 가난한 살림에 공부시키고 먹이고 입히느라 고생하시다 병을 얻어 돌아가셨다. 열심히 사는 것 외에는 다른 방법이 없었다. 가족이 함께 살던 단칸방 전세 보증금은 150만 원이었다. 엄마가 병을 치료하시느라 주인집 아주머니에게 빌리신 돈을 공제하고 15만 원을 받았다. 부엌도 없는 한 평 남짓한 월세방으로 옮긴 날 밤, 펑펑 울었다. 감당할 수 없는 서글픔이 밀려왔기 때문이었다. 부모님이 계신 곳이라고 생각했던 그때의 하늘은 위로의 하늘이었다. 25살에 만난 하늘은 희망의 하늘이었다. 직장에서 열심히 일하면서 살았던 어느 날 파란 하늘이 너무도 예쁘게 내 눈에 들어왔다. 불현듯이 생각난 어느 교회에 갔을 때였다. 예배를 마치고 예배당을 나오는 순간 무심코 올려다본 하늘은 태어나서 처음으로 느껴보는 아름다운 하늘이었다. 아버지의 가정폭력 때문에 늘 두려움에 떨며 성장했던 나는 교회에 나가 본 적이 없었다. 그런데 어느 날, 부모님과 함께 살던 집 근처에 있는 교회가 생각났다. 목사님의 설교 말씀이 하나도 귀에 들어오지 않았고 주체할 수 없는 눈물만 나왔다. 예배 시간 후에 밖으로 나와 무심코 올려다본 파란 하늘은 어깨를 펴지 못하고 자신감 없이 살아온 나에게 용기와 자존감을 되찾아 준 희망의 하늘이었다. 나의 평생에 잊을 수 없는 또 하나의 하늘을 만났다. 하늘에 계신 하나님을 만난 것이다. 누구나 살면서 배우고 경험하며 형성되는 무의식과 자의식으로 세상을 살지만 완전한 사람이 있던가. 살아온 환경과 문화가 다르니 편향된 생각을 갖게 되고, 이기적인 사람이 되기도 하고, 분쟁과 다툼도 일어난다. 옳은 진리를 배우고 중심 있는 삶을 살아가면 좋겠다. 조금씩 흔들리며 살아도 하늘을 우러러 평생 부끄러움이 없는 인생이 되길 기도한다.

하늘은 언제나 열려 있다. 하늘을 의식하고 살 때 삶이 단순해진다. 해야 할 것과 하지 말아야 할 것을 구별하는 기준을 세우게 된다. 그래서 하늘을 우러러 한 점 부끄럼이 없이 살아가길 원했던 청년 윤동주 시인의 마음속에는 지켜야 할 기준이 만들어진 것이다. 땅에 사는 사람만 생각하는 수평적 사고에 머물러서는 안 되겠다. 사람에게 속고 실망하며 상처 입어 고난을 만날 수도 있는 세상이다. 우리는 언제 어디서나 위로 열려 있는 하늘을 생각해야 한다. 하늘은 다 보고 있다.

평안을 위한 기도

코로나 사태 이후 온 세상이 변했다. 이전과 전혀 다른 세상이 되었다. 아무 때나 만나던 사람들을 만나기 자유롭지 않다. 민얼굴을 마주하고 입가에 지어진 미소를 보면서 대화하기 어려워졌다. 투명 아크릴 창을 마주하고 밥만 먹고 대화도 안 해야 하는 세상이다. 마스크가 없으면 밖에 다니지 못한다. 해외여행은 언감생심이다. 어떻게? 어떻게 이런 일이 일어났는가? 전쟁이 일어난 것도 아닌데. 하룻밤 사이에. 코로나가 무섭다.

코로나는 인간의 욕망이 유발한 필연이다. 코로나와 평생 더불어 살아야 할지 모른다는 전문가들의 의견은 무거운 마음을 더욱 짓누른다. 그리고 더 심각한 기후 변화로 인한 자연생태계의 교란과 이상 고온과 홍수와 태풍, 그리고 알 수 없는 또 다른 바이러스들의 공격 가능성을 듣고 있으면 공포감이 밀려온다.

어찌해야 할까? 내가 할 수 있는 일은 마스크 잘 쓰고 손 잘 씻고 코로나 감염이 되지 않도록 조심하는 일밖에 없다. 기후 변화에 대해 내가 할 수 있는 일은 탄소 배출을 최소화할 수 있는 생활 방식을 실천하는 일밖에 없다. 이를테면 전기차를 타는 일, 육류 섭취를 덜 하는 일, 친환경 제품을 사용하는 일 등이다. 쉽지 않지만 노력해 볼 수는 있는 일이다. 하지만, 한 개인이 이렇게 한다고 해서 당장 무슨 변화를 기대하겠는가. 전염병에 대한 공포와 이상 기후로 인한 재난이 끊임없이 이어진다면 내 인생을 어떻게 살아야 할까? 세계인이 이 위기를 절실히 절감하고 대책을 세우고 실행하길 바라지만 나로선 기도할 수밖에 없다.

지난날, 나를 절망하게 했던 상황을 만났을 때 얼마나 힘들었는지 지금 생각해도 그때 겪었던 고통이 현재 일처럼 아프다. 그러나 모든 일은 지나갔다. 그때 그 기억들과 아팠던 마음의 흔적만 내 안에 오롯이 남아 있는 채로. 어떤 일은 포기했고, 어떤 일은 해결되었다. 그리고 점차 평안을 찾았다. 엉킨 실타래처럼 생각이 혼란스럽고 마음이 불안정하고 두려워 극심한 불안감에 떨어야 했던 나는 내 힘으로 할 수 있는 일이 없어 보였다. 그때도 기도밖에는 할 것이 없었다. 기도하면 나와 하나님만 만난다. 기도하면 하나님의 말씀이 생각난다. 하나님이 성경책에 기록하신 말씀이 곧 하나님이시기에 말씀을 기억하는 것은 하나님과 대화하는 것이다.

"두려워 말라. 내가 너와 함께 함이라. 놀라지 말라. 나는 네 하나님이 됨이라. 내가 너를 굳세게 하리라. 참으로 너를 도와주리라. 참으로 나의 의로운 손으로 너를 붙들리라(사 43:1)."

모든 것을 아시고 모든 것에 능하신 하나님이 나에게 하신 말씀이다. 어찌 위로가 안 되겠는가. 평안한 마음이 느껴진다. 그리고 내가 할 수 있는 일들을 알게 하신다. 미약하지만 해야 할 일을 생각나게 하신다. 마음을 비울 건 비우고, 나눌 건 나누고, 줄 건 주고, 받아들일 건 받아들이고, 할 건 하게 하신다. 그러는 사이에 모든 건 지나갈 것이다.

코로나 전염병과 이상 기후로 인한 재난의 결과가 어떻게 될지 나는 모른다. 사람들이 오랫동안 저지른 탐욕스러운 행동을 이제는 멈추고 함께 사는 세상을 만들어 가면 좋겠다. 사랑하는 어린 손자들이 무슨 죄가 있어 숨이 답답한 마스크를 쓰고 살아야 하는지…. 생각하면 가슴이 저민다. 사랑하는 손자들이 마스크를 벗고 해맑게 마음껏 뛰어노는 세상이 빨리 오면 좋겠다. 사랑하는 손자들이 상상하는 대로 꿈을 꾸면서 성장하는 모습을 보고 싶다. 사랑하는 가족들과 이웃들이 스스럼없이 아무 때나 서로 어울려 하하 호호 웃으며 사는 세상이 속히 오기를 두 손 모아 하나님께 기도한다.

글을 마치며

1959년, 서울 답십리에서 태어나 미래를 알 수 없는 삶을 살았는데 어느덧 60세를 훌쩍 넘은 삶을 살고 있습니다. 앞으로 나의 삶이 어디까지일지, 어떻게 전개될지는 알지 못하지만, 지난 세월 하나님이 허락하신 날들을 정신없이 살다 보니 여기까지 오게 됐습니다. 지난 삶의 기억을 끄집어내어 보고 싶어졌습니다. 어린 시절의 기억 속에 있었던 나의 모습도 생각해 보고 싶었고, 45년 동안 직장 일과 사업을 통해 삶을 배웠던 순간들도 회상해 보고 싶었습니다. 하나님이 나와 동행하셨다는 사실에 감사하는 일상을 살면서 느끼고 깨달은 것들을 알려 드리고 싶었습니다.

자기의 인생이 앞으로 어떻게 될 것인지 미리 알 수 있는 사람은 없습니다. 오래전에 점을 본 적이 있었습니다. 고객사의 부도로 사업에 큰 위기를 만나 극심한 고통의 시간을 보내고 있을 때였습니다. 극도로 불안한 마음으로 하루하루를 견디면서 지내고 있을 때, 이웃에 사는 지인이 용하다는 점쟁이를 소개해 줬습니다. 20년이 넘은 일이라 나의 운명에 대해 어떤 말을 해 줬는지 기억이 나지 않지만 뭔가 희망을 품게 하는 말을 해 줬던 것은 기억이 납니다. 내가 무엇을 어떻게 해야 한다는 말은 없었지만 앞으로 좋아질 것이라는 나름 구체적인 예언의 글이 인쇄된 종이 몇 장 들고나왔습니다. 그 종이를 내 책상 서랍에 몇 년 동안 보관하고 있었다는 걸 아내가 최근에 알려 줬습니다. 늪에 빠진 사람이 지푸라기라도 잡고자 하는 절박하고 나약한 마음에 점쟁이를 찾았을 것입니다. 운세 풀이가 나의 상황을 해결해 줄리 없었습니다. 내 인생 운세를 풀이한, 종이 몇 장은 내 서랍 깊숙한 곳에서 수년 동안 묵혀 있다가 휴지통에 버려졌습니다. 가랑비에 옷이 젖듯이 깨달아진 하나님의 말씀에서 진리를 발견한 이후였습니다. 그래도 현실은 여전히 위태로운 상황의 연속이었습니다. 주일이면 교회를 다녔던 나의 믿음은 초보 신앙인에 머물러 있었지만, 시간이 지나면서 믿음이 자라고 앞이 보이지 않았던 막막한 상황이 조금씩 좋아졌습니다. 사업의 위기 앞에 형편없이 무너졌던 나의 마음도 조금씩 안정을 찾아갔습니다.

그 뒤로도 사업에 작고 큰 위기가 있었지만, 그때마다 고비를 넘겨가며 지금까지 사업은 성장하고 있습니다. 시련은 있었지만 삶을 되돌아보니 그 모든 과정이 축복의 통로였습니다. 고난을 만나고 시험을 당해도 진리의 말씀 붙잡고 고통을 인내하고 최선을 다하니 한 걸음씩 앞을 향해 걸어올 수 있었고 그 고난의 길이 결국은 축복의 길이 된 것입니다.

고난을 만나도 오늘 최선의 삶을 살고 정직한 삶을 살면 하나님은 그 고난의 길을 반드시 축복의 통로로 만들어 주신다는 진리를 깨달았습니다. 주어진 시간과 환경 안에서 뜻을 세우고 삶의 목적을 심어

온 나의 인생을 통해 깨달은 이 진리를 말하고 싶었습니다. 무엇이 최선의 삶이고 정직한 삶인지 내 삶을 통해 깨달은 진리를 말하고 싶었습니다. 하나님을 몰랐을 때는 막연히 염려스럽고 불안했던 미래가 하나님과 동행하니 앞으로 펼쳐질 삶이 기대됩니다.

마이웨이
with Jesus

1판 1쇄 발행 2021년 10월 15일

지은이 김세용

교정 윤혜원
편집 유별리

펴낸곳 하움출판사
펴낸이 문현광

주소 전라북도 군산시 수송로 315 하움출판사
이메일 haum1000@naver.com **홈페이지** haum.kr

ISBN 979-11-6440-849-8

좋은 책을 만들겠습니다.
하움출판사는 독자 여러분의 의견에 항상 귀 기울이고 있습니다.